Holger Wienpahl (Hg.)
Das Wandern ist des Mörders Lust

Holger Wienpahl (Hg.)

Das Wandern ist des Mörders Lust

Kurzkrimis für den Rucksack

Originalausgabe
© 2021 KBV Verlags- und Mediengesellschaft mbH, Hillesheim
www.kbv-verlag.de
E-Mail: info@kbv-verlag.de
Telefon: 0 65 93 - 998 96-0
Umschlaggestaltung: Ralf Kramp
Bildnachweis Umschlag- und Innenseiten:
© pawle, © Guntar Feldmann
und © Yeti Studio - alle stock.adobe.com
Druck: CPI books, Ebner & Spiegel GmbH, Ulm
Printed in Germany
ISBN 978-3-95441-581-6

Inhalt

HOLGER WIENPAHL:
Vorab .... Seite 7

KLAUS STICKELBROECK:
Neulich am Nebelhorn .... Seite 9

PETER GODAZGAR:
Der Aufschneider .... Seite 13

GITTA EDELMANN:
Wandervoll .... Seite 25

PETER GERDES:
Niemals allein ins Watt .... Seite 39

TATJANA KRUSE:
Wanderwegkiller, freilaufend .... Seite 55

THOMAS KASTURA:
Ohne Gewicht .... Seite 69

RALF KRAMP:
Eifel, Arsch und Wolkenbruch .... Seite 93

JÜRGEN EHLERS:
Erstarrte Lava .... Seite 109

CARSTEN SEBASTIAN HENN:
Die Glorreichen .... Seite 125

JÜRGEN KEHRER:
Mystische Fußreise .... Seite 139

HOLGER WIENPAHL:
Der perfekte Überfall .... Seite 151

CAROLA CLASEN:
Survival-Training .... Seite 169

ANDREAS J. SCHULTE:
Pilztod .... Seite 179

KATHRIN HEINRICHS:
Brocken-Blick .... Seite 197

KLAUS STICKELBROECK:
Glück rauf! .... Seite 215

RALF KRAMP:
Die Nachtwanderung .... Seite 239

Die Autorinnen und Autoren .... Seite 244

Vorab

Glück ist, die Uhr beiseitelegen zu können und sich einfach treiben zu lassen. Schritt für Schritt. Gedanke für Gedanke. Wandern ist Glück.

Bei mir hat es fast 40 Jahre gedauert, bis ich beim Wanderngeh'n das Wander-Gen in mir entdeckt habe. Zuvor war für mich jede Partie Minigolf ein größeres Naturerlebnis als eine Wanderung durch meine Heimat, durch die Wälder des Bergischen Landes. Aber 2005 änderte sich alles. Es war die Idee meiner Frau Sabine. Berge statt Meer. Berner Oberland statt Malle. Urlaub mal anders. Warum nicht? Also kraxelten wir auf alpine Gipfel, stundenlang, zwischen Weiden und wilden Kühen, von Hütte zu Hütte.

Seither lässt mich das Wandern nicht mehr los. Dank Mosel und Rhein, Nordpfälzer Berg- und Dahner Felsenwand, Eifel und Hunsrück finde ich das Wanderglück längst sogar auch vor der eigenen Haustüre. Es gibt nichts Friedlicheres, Entspannteres, Schöneres, als auf einem naturbelassenen Pfad irgendwo im Nirgendwo unterwegs zu sein – dachte ich!

Denn eines Tages liefen meine Frau Sabine und ich zufällig an einem unscheinbaren, alten, verwitterten Stein vorbei. Verborgen lag er zwischen Laub und Gestrüpp auf dem Boden, unweit des Humbergturms in Kaiserslautern. Die Inschrift ließ erahnen, welche Tragödie sich an diesem Ort vor langer Zeit abgespielt haben muss: *Hier starb eine junge Frau. Gerichtet von Mör-*

der Hand. Ein bis heute ungelöster Kriminalfall aus dem 18. Jahrhundert.

Seither wandern wir keinen Weg mehr wie zuvor. Vor allem die Fantasie meiner Frau ist grenzenlos. Hinter diesem Busch könnte doch ... Auf dem Plateau hat bestimmt mal ... Was, wenn in diesem Wald jetzt ... eine Leiche liegt. Aus solchen Gedanken heraus spinnen wir die fantastischsten Geschichten. Jede Wanderung kann so zum spektakulären Kriminalfall werden.

Handverlesene, vielfach ausgezeichnete, großartige Kriminalautoren haben sich nun für dieses Buch zusammengefunden, denen es offensichtlich ähnlich geht. Sie haben alles in den Rucksack gepackt, was das Wandern mal von einer ganz anderen Seite zeigt, nämlich von seiner mörderischen. Vom Giftmord bis zum Racheengel läuft immer auch ein sanfter Schrecken mit. Oder anders formuliert: Das Wandern ist des Mörders Lust. Ein mörderisches Vergnügen in sechzehn höchst unterhaltsamen Kapiteln.

Ich wünsche Ihnen viel Spaß beim Lesen.

Ihr Holger Wienpahl

Neulich am Nebelhorn

KLAUS STICKELBROECK

Statt schmerzender Ferse
tödliche Verse.
Kurz und schmerzvoll.
Bis der Tod euch scheidet.

Ich laufe mal hinten, ich laufe mal vorn.
Ich besteige mit meiner Frau das Nebelhorn.

Und spüre, mit jedem Höhenmeter,
werde ich wütender. Auf meine Frau und auf Peter.

Der ist ja mein Nachbar,
den fand ich eigentlich ganz nett.
Jetzt hör ich, der geht mit meiner Frau ins Bett.

Das ist nicht gut, das ist nicht schön.
Das kann so auch nicht weitergehn.

Der Nebel ist inzwischen dichter als dicht.
Wenn jetzt einer stürzt, dann sieht man das nicht …

Und wie meine Frau da so an der Kante steht –
schwupps,
da gebe ich ihr einen kräftigen Schubs.

Sie stürzt Richtung Tal, sie schreit.
Ihre Stimme ist laut, sie ist voll.
Ich lausche. Oh Mann, ist das Echo hier toll.

Der Aufschneider

PETER GODAZGAR

Ein schöner Wanderweg ist immer auch eine emotionale Reise. Es geht rauf und runter. Leichtfüßigen Passagen folgen überraschende Wendungen und atemberaubende Momente. Wie bei einem guten Kriminalfall.

Zuerst hörten sie es nur. Stimmen. Um genau zu sein: eine Stimme. Eine weibliche. Laut. Keifend. Sehr unpassend für diesen friedlichen Ort, an dem ansonsten an diesem wolkenverhangenen Novembertag nicht mal Vogelgezwitscher wahrzunehmen war.

»Hörste das?«, raunte Enrico ihr zu.

Nadine nickte.

Er ließ ihre Hand los und legte seinen Arm um ihre Hüfte.

»Ey, wie man sich in der Öffentlichkeit so zoffen kann«, sagte Nadine.

Enrico kicherte. »Wart's ab, wir kommen da auch noch hin.«

Sie knuffte ihn in die Seite. »Was soll das heißen?«

»Nix!« Enrico lachte.

»Ich find das doof, wenn du so was sagst.«

Statt zu antworten, drückte er sie näher an sich. Im nächsten Moment blieb er stehen und zwang auch Nadine anzuhalten. »Pst«, machte er. »Da vorn!«

Sie starrten angestrengt den nebligen Weg entlang. In der Ferne waren zwei blaue Punkte zu erkennen, die sich bewegten. Im nächsten Moment hatte sie der Nebel auch schon wieder verschluckt.

»Los, hinterher«, flüsterte Enrico kichernd und stapfte los.

»Was soll das? Willste die jetzt belauschen?«

»Quatsch. Aber wir müssen doch ohnehin in die Richtung.« Wie zur Bestätigung passierten sie ein Wanderschild, auf dem die aktuelle Entfernung nach Elend stand: 4,3 Kilometer.

Schon nach wenigen Minuten tauchten die blauen Punkte wieder auf und wurden als Windjacken erkennbar. Zwei Wandersleute im typischen Partnerlook.

»Versprich mir bitte: Wenn wir uns irgendwann mal dieselben Jacken kaufen, dann musst du mich erschießen«, sagte Enrico.

»Die gleichen.«

»Was?«

»Wir können uns höchstens die gleichen Jacken kaufen. In dieselbe Jacke werden wir nicht zusammen reinpassen.«

»Ach, ich liebe kluge Frauen, hab ich dir das schon mal gesagt?«

Sie kicherten, küssten sich und marschierten weiter.

Auch die Wortfetzen zerschnitten nun wieder die Ruhe des Harzwaldes.

»Was hat die gesagt?«, fragte Enrico.

Nadine zuckte die Schultern.

Erneut kicherte Enrico albern. »Ich glaube, es geht um eine Schwester. Wahrscheinlich schimpft sie über die bucklige Verwandtschaft.«

»... verlogenes Miststück!« schallte es durch den Wald.

Enrico prustete los.

Nadine löste sich aus seiner Umarmung. »Ich find das nicht witzig.«

»Wieso nicht?«

»Ey, bevor ich mich jemals vor anderen Leuten so streite, will ich mich von dir getrennt haben.«

»In jeder guten Beziehung gibt es mal ein Gewitter.«

»Wo haste denn den Spruch her?«

»Komm her«, sagte Enrico, zog Nadine an sich und küsste sie auf den Mund. Doch bevor er seine Zunge in Stellung bringen konnte, hatte sie ihn wieder abgeschüttelt.

Die blauen Punkte waren nun deutlich zu erkennen und als Menschen zu identifizieren. Der schrille Strom an Worten riss nicht ab.

»Oh Mann«, raunte Nadine. »Der Mann kann einem ja echt leid tun.«

»Pst«, machte Enrico.

»Flöhe!«, schrie die weibliche Stimme. »Da waren Flöhe in den Kissen!«

»Och nee«, sagte Nadine. »Können wir nicht irgendwo abbiegen? Ich krieg sonst schlechte Stimmung. Wir feiern heute unser Dreijähriges. Wenn schon Nebel ist, will ich nicht auch noch hinter einem sich streitenden Paar herlaufen.«

Enrico packte Nadine am Oberarm. »Weißt du, wer das ist?«

»…?«

»Die beiden. Das sind die, die wir schon am Grenzmuseum gesehen haben!«

»Was?«

»Guck doch genau hin! Die Jacken. Und dann die Hose von der Alten: dieser Traum in Pink! Und der Alte hat diesen kleinen schwarzen Rucksack. Die hatten sich da unten doch schon belöffelt. Oder besser: Die Alte hatte ihren Alten belöffelt.«

Nadine nickte langsam, dann sagte sie: »Komm, lass uns da vorne abbiegen.«

»Das ist aber ein Umweg«, gab Enrico zu bedenken.

»Scheißegal.«

Sie bogen auf einen schmaleren Weg ab, und in der Folge waren die Wortfetzen der keifenden Frau immer leiser und irgendwann gar nicht mehr zu hören.

Schweigend wanderten Enrico und Nadine eine Weile über weiche Nadelteppiche, atmeten die sauerstoffsatte Luft ein und lauschten auf die spärlichen Geräusche, die die Fauna verursachte. Enrico hatte eine Hand unter Nadines dicke Jacke und ihren Pullover geschoben und sie dann tiefer an ihrem Hintern platziert, doch irgendwann hatte Nadine seine Hand wieder weggeschoben mit dem Hinweis, es ziehe bei ihr rein.

Sie waren bereits eine Weile unterwegs, als beide wie auf Kommando stehen blieben.

»Nee, ne?«, raunte Nadine. Gute fünfzig Meter vor ihnen stieß der Weg wieder auf den Hauptweg, den sie eine Dreiviertelstunde zuvor verlassen hatten. Und auf diesem Hauptweg sahen sie nun zwei Menschen in blauen Jacken vorbeiziehen. Und wenn sie nicht schon die Jacken wiedererkannt hätten, dann hätten sie auf jeden Fall das Gekeife erkannt, das gerade wieder einsetzte.

»Ich könnte dich umbringen, weißt du das?«

Nadine und Enrico schauten sich an, sie mit erschrockenem, er mit amüsiertem Gesichtsausdruck.

»Umbringen!«, schallte es erneut durchs trübe Wetter.

»Och! Lass uns zurückgehen«, bat Nadine.

»Zurück? Wie zurück? Wir wollen doch noch nach Schierke.«

»Gibt's da keinen anderen Weg?«, jammerte Nadine.

»Doch, natürlich«, meinte Enrico sarkastisch. Wir können natürlich auch über Braunlage und Goslar.«

»Ach, Mensch, dann lass uns hier warten.«

»Warten? Das ist doch viel zu kalt.«

Nadine ließ sich auf einen Baustamm sinken und klimperte ironisch-anzüglich mit den Augen. »Komm her! Ich mach, dass dir warm wird.«

Enrico blickte sich hektisch um. Die weibliche Stimme war gerade wieder zu hören, diesmal aber bereits ein Stück weiter entfernt. Er grinste Nadine an.

Eine halbe Stunde später traten sie auf den Hauptweg. Enrico fror und er spürte vor allem irgendwelche Krümel an seinem Hintern. Er schob seine Hand in die Unterhose und fingerte eine Weile herum, bis er eine abgebrochene Tannennadel zum Vorschein brachte. Mit übertrieben vorwurfsvollem Blick hielt er sie Nadine vor die Nase. Sie kicherte. Untergehakt marschierten sie los in Richtung Elend.

Sie kamen nicht weit, denn schon nach ein paar Minuten stupste Enrico Nadine in die Seite. »Guck mal, wer da kommt.«

Ein Mann in blauer Regenjacke kam ihnen entgegen, er war vielleicht noch zweihundert Meter entfernt. Der Alte trottete mit müdem Schritt den Weg entlang.

»Wo ist denn seine Frau?«, fragte Nadine verwundert.

»Wahrscheinlich hat er sie umgebracht«, antwortete Enrico.

»Idiot.«

»Ich frag ihn mal.«

»Jetzt hör schon auf.«

Der Mann trottete näher, aber sein Blick blieb auf den Boden geheftet. Erst als er bis auf vierzig Meter an

Nadine und Enrico herangekommen war, blickte er auf. In seinem Gesicht war keinerlei Regung zu erkennen.

Der Mann und das Pärchen passierten einander – und Nadine konnte es kaum glauben, als Enrico seine Ankündigung wahr machte. »Tach auch«, sagte er, als der Mann auf gleicher Höhe war.

»Tach«, brummte der Mann.

»Wo haben Sie denn Ihre Frau gelassen?« Enrico grinste.

Der Mann blieb stehen, und das Grinsen verschwand aus Enricos Gesicht.

»Meine Frau?«

»Ähm, na ja, Sie waren doch ... also, Sie waren doch eben noch zu zweit unterwegs gewesen. Wir haben Sie gehört ..., ähm.« Enricos Unsicherheit ging in ein albernes Kichern über. Nadine blickte ihren Freund streng an.

»Meine Frau«, brummte der Mann und fixierte erst Enrico und dann Nadine. »Die hab ich umgebracht.« Er schwieg.

Alle schwiegen. Stille breitete sich im Wald aus. Dann setzte der Mann umständlich seinen Rucksack ab und hielt ihn locker in der Hand. »Umgebracht hab ich sie, was denn sonst? Mit einem dicken Stein auf den Kopp gehauen und dann mein Messer aussem Rucksack geholt und ihr die Kehle aufgeschnitten.«

Nadines Hand suchte Enricos Hand und drückte sie fest.

Der Mann grinste jetzt diabolisch. »Dann noch ein paar Stiche ins Herz. Mitten rein. Um sicherzugehen.« Mit seiner Rechten langte der Mann in den Rucksack.

»Ähm«, machte Enrico. Nadine presste sich an ihren Freund.

Der Mann schien etwas zu suchen, dann schnellte seine Hand mit einer schnellen Bewegung aus dem Rucksack hervor.

Nadine schrie auf.

In seiner Hand hielt der Mann – eine Thermoskanne. Im nächsten Moment platzte es aus dem Alten heraus. Er lachte los, tief und kollernd, während Nadine und Enrico ihn entsetzt anstarrten. Der Mann schraubte die Kanne auf, setzte sie an seinen Mund und trank ein paar Schlucke. Dampf sickerte aus der Kannenöffnung. Dann meinte der Unbekannte: »Na, ihr seid mir ja ein paar Früchtchen.«

Weder Nadine noch Enrico fiel etwas ein, was sie hätten sagen können. Der Mann grinste das Paar an. Schließlich fand Nadine die Sprache wieder. »Entschuldigen Sie bitte, aber wir sind eine Weile hinter Ihnen hergewandert und wurden unfreiwillig Zeuge des … also, der …, na ja …« Sie brach ab.

Der Mann nickte und machte eine wegwerfende Handbewegung. »Jaja, war wieder ordentlich in Fahrt, meine Hilde. Aber die beruhigt sich so schnell, wie sie sich aufregt.«

»Ähm … und wo ist sie nun?«, fragte Nadine.

Der Mann zeigte mit dem Daumen in die Richtung, aus der er gekommen war. »Sie ist schon weiter nach Elend. Ihr war schlecht geworden.« Er zwinkerte den beiden zu. »Ich brauchte einfach noch ein bisschen meine Ruhe.«

Nadine und Enrico lächelten erleichtert.

»Na dann«, meinte der Alte. »Macht's mal gut.« Er setzte sich in Bewegung, Nadine und Enrico starrten ihm nach. Nach ein paar Metern drehte sich der Mann noch einmal um. Mit seinem Zeigefinger deutete der Alte auf Enricos Hose. »Mach mal zu, bevor ihr wieder in die Zivilisation kommt.«

Enrico sah auf den Reißverschluss seiner Hose und zog ihn schnell hoch.

Der Mann lachte erneut laut auf, drehte sich um und stapfte davon.

Nadine und Enrico blickten sich stumm an. »So'n Aufschneider«, meinte Enrico dann – und nach ein paar Sekunden mussten sie beide lachen, wenngleich nicht ganz so heftig.

Nadine und Enrico heirateten ziemlich genau vier Monate nach jenem Novembertag. Am zweiten Sonntag nach ihrer Hochzeit saßen sie gemeinsam am Frühstückstisch in der Küche ihrer kleinen Wohnung in Wernigerode.

»Enrico«, flüsterte Nadine.

»Mhmh«, machte Enrico, ohne vom Sportteil aufzuschauen, in den er vertieft war.

»Erinnerst du dich noch an unsere Harzwanderung an unserem dritten Jahrestag?«

»Mmh.«

»An den komischen Typen mit der keifenden Frau? Hör mal.«

»Mmh.«

»Hör mir zu!«, rief sie.

Erschrocken schaute Enrico auf. Seine Freundin sah ihn mit aufgerissenen Augen an. »Was'n?«, fragte er.

Nadine blickte wieder in die Zeitung. »Pilzsucher haben gestern im Harz eine tote Frau gefunden. Die Leiche sei bereits stark verwest gewesen, teilte die Polizei mit. Sie habe offenbar bereits einige Zeit im Wald gelegen. Ersten Ermittlungen zufolge sei von einem Verbrechen auszugehen. Weitere Details wollte die Polizei aus ermittlungstaktischen Gründen nicht mitteilen.«

Enrico starrte sie an. Die Sekunden verstrichen, dann konnte Nadine nicht mehr. Sie prustete los: »Ha! April, April«, rief sie lachend. »Reingelegt.«

»Doofkopp«, brummte Enrico, zog eine Grimasse und wandte sich wieder dem Sportteil zu.

Nadine blätterte gut gelaunt in der Zeitung weiter, ihre Augen huschten über die Schlagzeilen. Dann stockte sie, riss die Augen auf.

»Enrico«, flüsterte sie.

»Jetzt hör aber auf!«

»Nein, im Ernst, ich fass es nicht! Hör dir das an!«

Enrico sah sie mit gerunzelter Stirn an.

»Pilzsucher haben gestern in einem Waldstück zwischen Elend und Sorge die Leiche einer toten Frau gefunden.« Nadine blickte Enrico fassungslos an.

Er schnappte sich die Zeitung, riss sie an sich, seine Augen scannten die aufgeschlagene Seite. Im selben Moment prustete Nadine erneut los. »April, April!«, rief sie quietschend. »Mann, bist du leicht zu veräppeln!«

Mit grimmigem Blick warf Enrico ihr die Zeitung entgegen und erhob sich zähnefletschend von seinem Stuhl.

Und weil das Leben bekanntlich selbst vor den größten Zufällen nicht zurückschreckt, ergab es sich, dass just in der Sekunde, als in einer kleinen Wohnung in Wernigerode ein paar Zeitungsseiten raschelnd zu Boden segelten und sich ein junger Mann an seiner jungen Frau mit einem neckischen Liebesangriff für zwei Aprilscherze rächte, dass also just in dieser Sekunde ein gellender Schrei in einem Waldstück zwischen Elend und Sorge ein paar Vögel, zwei Rehe und ein Wildschwein kurzzeitig aufschreckte. Der Schrei kam aus dem Mund einer jungen Frau, die, als sie gemeinsam mit ihrem Freund abseits der Wanderwege auf der Suche nach einem geeigneten Platz für ein Schäferstündchen war, eine schreckliche Entdeckung machen musste.

Wandervoll

GITTA EDELMANN

Frisch verliebt ist jeder neue Schritt aufregend und unbeschwert. Wenn es gut läuft, geht man irgendwann gemeinsam durchs Leben. Aber wenn es nicht gut läuft, dann …

Der Wanderurlaub im Schwarzwald hat eigentlich ganz gut angefangen. Die Nacht ist erfolgreich verlaufen, und ich bin guter Hoffnung, dass Rainer nicht zu denen gehört, die nach ihrem sechzigsten Geburtstag alles Körperliche von sich weisen. Denn ich muss gestehen, sein durchtrainierter Body weckt in mir durchaus Begehrlichkeiten.

Es ist unser erster gemeinsamer Urlaub, die Zukunft liegt im rosigen Schein unserer Verliebtheit, obwohl die Intensität natürlich nicht so ist, wie sie es im Teenager-Alter war. Doch immerhin, ich bin nicht mehr alleine.

Die Witwenschaft war nie mein Ding, aber Sie glauben nicht, wie schwierig es ist, einen Partner zu finden, der dieselben Interessen hat! Wobei Rainer schon ein wenig anders gepolt ist als ich. Deswegen sind wir ja auch hier mitten im Schwarzwald gelandet und nicht an einem sonnigen südlichen Sandstrand.

Aber egal.

Ich kenne Rainer schon eine ganze Weile als Mann meiner früheren Arbeitskollegin Daniela. Die hat ihn jedoch vor einem halben Jahr Hals über Kopf verlassen und ist weggezogen. Will sich selbst verwirklichen, hat Rainer erzählt, als wir uns zufällig in der Stadt getroffen haben. Dabei hat er ein Gesicht wie sieben Tage Regenwetter gemacht, und weil er mir so leidtat, bin ich mit ihm einen Kaffee trinken gegangen. So hat es angefangen.

Zwei, drei Kaffeetreffen, ein Kinobesuch. Der Dokumentarfilm über die Schönheit einer Alpenwanderung hat mich nicht gerade gefesselt, aber Rainers Hand auf meinem Knie war doch vielversprechend.

Und dann hat er mich gefragt, ob ich nicht einmal mitgehen wollte – mit seiner Wanderclique. Die treffen sich jeden Samstag an irgendeinem Waldparkplatz im Siebengebirge. Ich bin zugegebenermaßen ein wenig zögerlich gewesen. Sie müssen wissen, ich hasse Wandern seit meiner Kindheit, als mein Vater unsere Familie jedes Wochenende dazu verdonnerte. Lieber sause ich mit dem Fahrrad durch die Landschaft, oder aber ich sitze einfach so irgendwo gemütlich in der Natur, betrachte die Bäume und beobachte Tiere.

Dennoch, was tut man nicht alles für einen Mann! Und so schlimm war es dann auch gar nicht, obwohl ich mir eine dicke Blase am Zeh gelaufen hab. Die anderen aus der Clique haben mich herzlich aufgenommen, und im Gespräch mit Monika verging der Tag doch ganz angenehm. Monika ist ebenfalls allein, und wenn Rainer nicht so viel Zeit beanspruchen würde, würde ich mich gerne mal mit ihr in einem Biergarten auf ein Schwätzchen treffen.

Doch zurück zu unserer kleinen Ferienwohnung im Schwarzwälder Kinzigtal. Es ist schön hier, und immer wieder werden Erinnerungen wach. Ich bin in dieser Gegend aufgewachsen, und obwohl ich später ins Rheinland geheiratet hab, merke ich, dass die Prägung der Kindheit nicht zu verleugnen ist. Meine Sprache verändert sich, wenn ich mit den Leuten hier schwätz, das A wird dunkler, und automatisch bestell ich von der Karte ein Buureveschper mit nem Viertele Klingelberger.

Rainer staunt. Er scheint sich nicht ganz sicher zu sein, was er davon halten soll. Aber egal. Die Nacht ist erfolgreich.

Und jetzt ist das Wandern dran.

Zum Glück zieht er keine Kniebundhose an, sondern eine beigefarbene Funktionshose mit Reißverschlüssen, um die unteren Beinteile abnehmen zu können. Ich hoffe, es bleibt kühl, denn besonders ansehnlich sind Rainers Beine nicht. Meine dagegen können sich immer noch sehen lassen, also trage ich schwarze, eng anliegende Wander-Tights aus recyceltem Polyester und Elasthan zu meinen frisch eingelaufenen, mittelgebirgsgeeigneten, lindgrünen Wanderschuhen.

»Und wohin soll's heute gehn?«, erkundige ich mich, als wir ins Auto steigen.

»Nach Hausach. Ich dachte, wir wandern ein Stück den Westweg Pforzheim – Basel. Vom Farrenkopf aus soll man eine tolle Aussicht haben.«

Na, das hat mir gerade noch gefehlt! Kennen Sie die Gegend? Ich erinnere mich nur zu gut an den Westweg – diese Strecke, die mein Vater so gerne mochte. Und vor allem erinnere ich mich an den unglaublich anstrengenden steilen Anstieg zum Farrenkopf.

Ich schlucke und überlege mir, ob ich mir nach etwa zehn Minuten den Fuß vertreten und zurückhumpeln kann. Allerdings sieht Rainer in seiner Vorfreude so glücklich aus, dass ich mich letztlich doch eine Ewigkeit lang keuchend den Berg hinaufquäle und der roten Raute folge. Fünf Kilometer, hat Rainer gesagt. Ich hab das Gefühl, er meint den Höhenunterschied.

Irgendwann sind wir oben. Und ich muss zugeben – die Aussicht ist fantastisch: Täler und Berge bis hin zur Rheinebene und zu den Vogesen, die erstaunlich klar zu erkennen sind. Gut. Das bedeutet meistens Regen, erinnere ich mich. Regen wäre nicht schlecht.

Wir sitzen dort oben eine ganze Weile auf der Bank an der Hütte, ich packe eine Tüte Gummibärchen aus. Rainer runzelt die Stirn, aber ich weiß noch aus meiner Kindheit, wie viel Kraft einem Gummibärchen beim Wandern geben können.

Der weitere Weg führt zunächst bergab, dann wieder etwas bergauf, doch der Rhythmus meiner Schritte hat sich plötzlich eingespielt.

»Mein Vater war ein Wandersmann …«, beginne ich zu trällern. Das Lied hat genau den richtigen Takt.

Rainer schaut mich misstrauisch an, als ich mit Falleri und Fallera an ihm vorbeiziehe. Ich kann noch fast den ganzen Text, nur am Ende mit dem Wanderburschen singe ich natürlich »Wandermädel«.

Der Tag verläuft ziemlich gut. Es ist wirklich schön hier, besonders zwischen den Tannen, wo der Weg voller Nadeln liegt, die die Schritte abfedern.

»Wem Gott will rechte Gunst erweisen …«, singe ich, und als Rainer die Stirn runzelt, wähle ich den Text, den meine Mutter immer gesungen hat: »… den schickt er in die Wurschtfabrik. De-hen lässt er in die Knackwurscht beißen und gibt sogar den Zipfel mit!«

Wie schön, ich hab Rainer zum Lächeln gebracht. Er bleibt stehen und küsst mich.

Ich freue mich auf den Abend.

Am nächsten Morgen wache ich nicht ganz so glücklich auf. Die Wanderung über den Farrenkopf hat Rainer wohl doch ein wenig zu sehr angestrengt. Immerhin regnet es, und wir können den Tag in einem Trachtenmuseum und in einem Café verbringen, wo ich mit der Frau eines netten Ehepaars am Nachbartisch ins Gespräch komme. Die Entspannung tut uns beiden gut, Sie verstehen?

Am Tag darauf geht es irgendwohin, wo es Pilze geben soll. Den Tipp hat Rainer von einem Mann, den er in der Bäckerei getroffen hat, als er unsere Weckle holte. Ich bin nicht so sicher, ob er richtig zugehört hat, denn der Weg wirkt mit seinen tiefen Furchen wie von schweren Maschinen eher wie einer für Waldarbeiter. Aber egal. Mit »Im Frühtau zu Berge wir zieh'n, fallera« wandre ich froh dahin.

Rainer, der sonst immer mit großen Schritten vorauseilt, kommt heute nicht so gut mit. Natürlich liegt das vor allem an den Pilzen, die er sucht. Da er nur einen einzigen Pfifferling entdeckt, ist er etwas gereizt, und als ich »Das Wandern ist der Müller Lust« – meine Grundschullehrerin hieß Frau Müller – anstimme, fährt er mich heftig an, doch endlich mal still zu sein.

»Warum? Verscheuche ich die Pilze?«, scherze ich.

Leider hat Rainer keinen Humor, muss ich feststellen. Er wirkt selbst am Abend noch beleidigt und wendet mir im Bett sofort den Rücken zu.

Die nächsten drei Tage verlaufen besser. Ich zügle mich ein wenig, gehe eine Spur langsamer und summe nur leise »Auf du junger Wandersmann« oder die »Bergvagabunden«. Ich freue mich, dass ich all die Texte noch kenne und nur ganz selten auf Lalala ausweichen muss. Und ich freue mich der Landschaft, der guten Luft, der zwitschernden Vögel, der herrlichen Ausblicke und des Glücksgefühls, das das gleichmäßige Gehen auslöst. Ich frage Rainer nicht mehr, wo genau wir zu unserer nächsten Tour hinfahren, lasse mich lieber von der Schönheit des Schwarzwalds überraschen. Denn schön ist es hier überall.

Wundervoll.

Und überall kann man wandern.

Wandervoll.

Wir begegnen jetzt unter der Woche nur selten weiteren Wanderern, aber es wird freundlich gegrüßt, und ab und zu wechselt man im Vorbeigehen ein paar Worte über das Wetter.

Manchmal rutscht mir natürlich das eine oder andere Lied heraus, wie »Es klappert die Mühle«, als wir tatsächlich am rauschenden Bach eine alte Wassermühle sehen.

Ich bedaure, dass Rainer nicht musikalisch ist und nicht einfach mitsingt. Überhaupt bin ich nicht sicher, ob wir so gut zusammenpassen, wie ich anfangs dachte. Sein missbilligendes Gehabe fängt an, mich zu stören. Und manchmal glaube ich, einen harten Blick und einen gemeinen Zug um den Mund zu entdecken …

Auch im Bett hat seine Aufmerksamkeit nachgelassen, ich vermisse die anfängliche, spielerische Zärtlichkeit. Aber gut, ich war durch meinen Mann verwöhnt, und es ist schwer, jemanden zu finden, mit dem ich Ähnliches erlebe.

Rainer hat etwas Verbissenes, in allem, was er tut. Er rennt inzwischen förmlich durch den Wald, ohne dessen Schönheit zu genießen. Verstehen Sie, was ich meine? Wenn ich mich dann irgendwo auf eine Bank, einen Baumstamm oder einfach ins Moos setze und raste, kommt er zurückgelaufen und macht mir Vorwürfe. Dabei ist dies doch ein Urlaub und kein Wettbewerb!

Passe ich mich andererseits seinem flotten Tempo an, behagt ihm das auch nicht. Ich hab fast den Eindruck, dass er nicht glücklich ist, dass das Radfahren und Treppenlaufen und Tanzen mich so fit hält.

Alles ist irgendwie ein bisschen schwierig geworden, und ich gestehe, ich bin froh, dass nur noch drei Urlaubstage vor uns liegen.

Heute haben wir Glück – in dem kleinen Seitental, in das die Verkäuferin beim Metzger uns geschickt hat, findet Rainer endlich seine Pilze, während ich »Muss i denn, muss i denn zum Städele hinaus« singe.

Kennen Sie sich mit Pilzen aus? Ich bin da ja etwas misstrauisch. Ich kann Pfifferlinge erkennen, aber vor der Gefahr anderer Arten hat mein Vater immer vehement gewarnt. Allerdings ist das kein Problem, ich erkläre Rainer einfach, dass ich allergisch bin, und er darf seinen Fund allein kochen und verspeisen. So viel war es ja nun auch nicht, was er da gesammelt hat.

Seltsam nur, dass ich in meiner Speck-Zwiebel-Sahne-Soße ganz unten doch einen kleinen Pilz finde. Der muss Rainer da versehentlich reingefallen sein. Wenn ich nun wirklich hochallergisch wäre, wäre mir das möglicherweise gar nicht gut bekommen. Aber ich sage nichts, ich will ja nicht, dass sein schlechtes Gewissen ihn unglücklich macht.

Der letzte große Ausflug unseres Urlaubs führt uns in den Südschwarzwald. Am Feldsee vorbei wollen wir aufsteigen zum Feldberg. 1492 Meter hoch, hab ich in der Schule gelernt. Nun steht da auf einem Hinweisschild 1493. Hat man noch einmal nachgemessen? Oder nachgeholfen wie bei diesem walisischen Berg? Kennen Sie den Film mit Hugh Grant? Finde ich toll, den Film. Hugh Grant aber auch.

Es ist absolut herrlich hier, die Sonne scheint warm auf meine nackten Arme, und ich freue mich über den holperigen Forstweg, den Buchenmischwald, über die Wurzeln auf dem schmalen Pfad, über den felsdurchsetzten Bannwald, den wir nach einer Weile durchschreiten, und die vielen kleinen Bächlein, die hier den steilen Hang hinunterrieseln. Ein Lied klingt in mir und will hinaus: »Wenn die bunten Fahnen wehen …«

Zugegeben, es ist nicht wirklich ein Wanderlied, aber die sind mir ausgegangen und ich hab Seemannslieder schon geliebt, bevor es den *Wellerman* gab.

Rainer keucht ein Stück hinter mir, und ich beschließe stehenzubleiben, wenn wir den Aufstieg geschafft haben, und ihn einfach mal in die Arme zu nehmen. Er hat sich gestern Abend so bemüht, aber er ist nun mal nicht mehr der Jüngste, und die tägliche Wanderei scheint ihn zu schwächen.

Mich nicht.

Mich erfüllt das Wandern inzwischen mit Gefühlen von Glück und Stärke. Und Musik. Jeder Schritt ist wie ein Taktschlag, der Gesang der Vögel regt mich an, es ihnen gleichzutun.

»Wir lieben die Stürme, die brausenden Wogen«, bricht es aus mir heraus, als ich oben ankomme und dem Weg an der Abbruchkante zum Seebachtal ein paar Meter folge. Dann bleibe ich stehen und warte auf Rainer.

Der Arme sieht gar nicht gut aus. Sein Gesicht ist hochrot und schweißnass, sein Mund hässlich verzogen, als er auf mich zukommt. Ich fürchte, aus uns beiden wird dauerhaft kein Paar.

»Kannst du dumme Kuh nicht einfach mal still sein?«, schreit er mich an. »Scheiße! Diese Singerei macht einen ja ganz verrückt.«

Nach einem letzten *Hei-o* verstumme ich.

Rainer atmet tief durch. Ich hoffe, er wird sich gleich bei mir für seine Worte entschuldigen. Doch stattdessen nimmt er Anlauf und holt mit der rechten Hand aus, gerade so, als wolle er auf mich zulaufen, um mich zu schlagen.

Es durchfährt mich wie ein Blitz. Auf einmal verstehe ich, was Daniela mit ihren Andeutungen gemeint haben muss, als sie nach der Trennung von Rainer ihre Sachen im Büro zusammengepackt hat und diese seltsamen blauen Flecken im Gesicht von einem Treppensturz hatte.

Rainer muss immer der Beste sein, sonst dreht er durch.

Jetzt dreht er durch, ich sehe es in seinen Augen. Er weiß, dass ich besser bin. Ich bin fitter, und zwar in jeder Hinsicht, hab mehr Humor und bessere Laune, Menschen mögen mich, und dass ich sogar singe beim

Wandern, während er so manches Mal sein Keuchen überspielt, muss für ihn eine Qual sein.

Gleich hat er mich erreicht, er ballt die Faust – dies wird nicht einfach nur eine Ohrfeige.

Instinktiv springe ich einen großen Schritt nach rechts. Mein Fuß knickt um, und ich falle mit einem Schmerzensschrei zu Boden. Jetzt bin ich ihm hilflos ausgeliefert!

Doch nein. Rainer hat so viel Schwung in seinen Angriff gelegt, dass er nicht einfach stoppen kann. Er saust an mir vorbei, lässt ebenfalls einen Schrei los und – verschwindet.

Der Steilhang.

Es hört sich an wie ein Steinschlag, doch schon bald wird es still. Selbst die Vögel haben erschrocken aufgehört zu singen. Nur ein Insekt summt unbeeindruckt um mich herum.

»Rainer?«, rufe ich vorsichtig.

Nichts.

Ich schiebe mich langsam an die Abbruchkante. Hier geht es fast senkrecht runter. Irgendwo ziemlich weit unten zwischen den Bäumen liegt etwas Blaues, das könnte Rainers Rucksack sein. Ich strenge meine Augen an, um mehr zu erkennen, glaube, einen verdrehten Körper zu sehen. Bewegungslos. Ob er noch atmet, weiß ich natürlich nicht.

Ich krieche zurück über den Weg auf ein dichtes Grasbüschel am Wegesrand. Mein Fuß schmerzt, aber es fühlt sich nicht mehr ganz so schlimm an. Ich atme tief durch. Vielleicht wird es besser, wenn ich ein Weilchen still hier sitze.

Zum Glück sind die belegten Weckle bei mir im Rucksack, ebenso wie meine Wasserflasche. Es spricht also nichts gegen ein Picknick, bevor ich zum Aussichtsturm auf dem Feldberg weitergehe, oder? Es ist ja nicht einzusehen, dass ich auf den schönen Teil der Wanderung hier oben verzichte, auf den Weg über die sonnenbeschienenen Wiesen, auf den ich mich so gefreut hab, nur weil Rainer sich nicht im Griff hat.

Irgendwann werde ich allerdings anfangen, mir Sorgen zu machen, wenn er nicht ankommt. Ich werde der Polizei oder der Bergwacht oder wer auch immer sich der Sache annimmt, erzählen, dass ich stets vorauswandere und dann an einer verabredeten Stelle auf Rainer warte. Heute wird das der Feldbergturm sein.

So. Nun geht es mir besser. Der Fuß schmerzt auch kaum noch. Und wenn schon. Sie wissen ja, ich bin hart im Nehmen, und beim Singen wird das Ziehen sicher vergehen.

Fröhlich stimme ich an: »Ade nun, zur guten Nacht …«

Niemals allein ins Watt

PETER GERDES

Schritt für Schritt wandert man dem Ziel entgegen. Nur was ist das Ziel? Es kann sich verändern. Mitten auf dem Weg. Vom reinen Ankommen hin zum dramatischen Kampf ums Überleben.

Er hatte sich so sehr auf das Naturerlebnis gefreut, den Seewind auf der Haut und die Salzluft in der Nase, das selbstgewählte Alleinsein mit sich und der Ursprünglichkeit. Aber schon auf dem Weg vom Dorf zum *Verhungernix* am Hafen, gleich gegenüber dem Reedereigebäude, quollen ihm Massen von Urlaubern entgegen, aufgekratzt und laut wie auf einem Rummelplatz, und statt des Geruchs von Meerwasser und Seetang erschnupperte er altgedientes Frittenfett. Edzard Burrichter seufzte tief. In letzter Zeit lief gar nichts so, wie er es sich vorstellte.

Bei den Fußduschen ging es noch trubeliger zu. Und das Watt selbst war bunt vor Menschen. Burrichter war kurz davor, auf die geplante Wanderung zu verzichten und sich irgendwo zu verkriechen, wo er seine Ruhe hatte. Aber einen solchen Ort gab es nicht für ihn. Eine Woche lang hatte sein Freund Rikus ihm Unterschlupf gewährt, solange die frisch renovierte Ferienwohnung noch zu sehr nach Farbe roch, als dass man sie hätte vermieten können. Jetzt war der Geruch verflogen, zahlende Gäste rückten an. Rikus war nett, aber sein Räuspern klang unmissverständlich. Es half nichts, Edzard musste zurück aufs Festland. Zurück zu seinem Drecksloch von Wohnung und zu all den Sorgen, vor denen er sich für ein paar traumhafte Tage auf die schöne Insel Baltrum geflüchtet hatte. Den Kopf in den Dünensand zu stecken, war eben keine Dauerlösung.

Als letzte Option blieb die Fähre, nur kostete die Geld. Nicht sehr viel, aber doch mehr, als Edzard Burrichter entbehren konnte. Denn er war pleite. Schlimmer noch, er war hoch verschuldet. Den Kurzurlaub auf der Insel hatte er sich nur wegen Rikus leisten können – und wegen seiner Tütensuppen-Diät. Einen ganzen Rucksack voll Proviant hatte er auf dem Hinweg durchs Watt nach Baltrum geschleppt, dazu ein paar Reserveklamotten. Zurück ging es mit deutlich leichterem Gepäck. Wenigstens etwas, fand Edzard Burrichter.

Ehe er das Sandwatt betrat, wechselte er das Schuhwerk. Es war warm, geradezu schwül; die meisten Urlauber gingen barfuß oder trugen Flipflops. Beides war fürs Wattwandern keine gute Idee. Zwar fühlte sich der kühle Meeresboden an den Fußsohlen angenehm an, auch wenn die Sandrippen erstaunlich hart und fest waren; der Schlick galt sogar als gesund und heilsam für die Haut. Sand und Schlick jedoch bargen Gefahren, die nicht zu unterschätzen waren, nämlich messerscharfe Muscheln – und vor allem Pazifische Austern. Diese invasiven Viecher, eingeschleppt im Ballastwasser von Frachtschiffen, breiteten sich in der wärmer werdenden Nordsee aus wie eine Seuche. Wer unglücklich in die klaffende Schale einer im Watt verborgenen Auster hineintrat, dem drohten Blutverlust und Infektion. Und bei auflaufender Flut Schlimmeres.

Erfahrene Wattführer warnten natürlich vor dieser Gefahr, daher ging in den geführten Gruppen kaum jemand barfuß. Einige trugen dicke Socken, andere Turnschuhe, manche watschelten sogar in bunten Gummistiefeln herum. All diese Fußbekleidungen aber hatten mehr Nach- als Vorteile. Socken sogen sich mit Wasser und Schlick voll, rutschten schlappend von den Füßen und waren hinderlich beim Gehen; Schuhe konnten in Schlicklöchern stecken bleiben und waren dann unwiderruflich verloren. Stiefel waren bei Hitze ungemütlich, erst recht, wenn Schlickwasser in ihre Schäfte schwappte. Alles Mist, dachte Edzard Burrichter und zog seine Geheimwaffe aus dem Rucksack. Tauchersocken aus Neopren, die waren rutschfest und dicht, saßen wie eine Eins und hielten jeder Auster stand.

Tja, das waren Überbleibsel aus der guten alten Zeit, als er sich noch teure Hobbys leisten konnte. Sein Gehalt war überdurchschnittlich hoch gewesen, die anschließende Pension mehr als auskömmlich. Dann aber hatte Edzard Burrichter geerbt. Damit fing das ganze Elend an.

Aber daran wollte er jetzt nicht denken. Vor ihm lag eine wunderschöne Wanderung, sechseinhalb Kilometer, für die er sich gemütliche drei Stunden Zeit nehmen wollte. Sandwatt, Schlickwatt und Mischwatt. Drei kleinere Priele waren dabei zu durchqueren und zwei größere. Maximal knietiefes Wasser, eine willkommene Abkühlung an einem heißen Tag wie diesem! Burrichter rückte seine Sonnenbrille zurecht und musterte den Himmel. Strahlend blau, kaum ein Wölkchen zu sehen. Die Sonne stach ein bisschen, also setzte er lieber das idiotische Anglerhütchen auf, das sein Freund Rikus ihm aufgedrängt hatte. Eingecremt hatte er sich schon, Faktor 20, das sollte reichen, selbst wenn es so sonnig blieb. Am Nachmittag sollte es sich eintrüben, hatte der Wetterbericht verkündet. Von Schauerneigung war die Rede. Dann sollte er längst in Neßmersiel sein.

Edzard Burrichter stapfte los. Immer noch kamen ihm geführte Gruppen schnatternd entgegen. Die meisten Wattwanderer jedoch, die jetzt unterwegs waren, befanden sich auf dem Weg zum Festland. Er war anscheinend der Letzte, der diese Strecke heute in Angriff nahm. Kein Grund zur Sorge, er war flott zu Fuß und kam allein allemal schneller voran als die Gruppen, die ständig irgendwo stehen blieben und von ihren Wattführern die Tier- und Pflanzenwelt des Nationalparks erklärt bekamen. Regelmäßiger Höhepunkt war das Ausgraben eines Wattwurms. Schlichte Gemüter waren wirklich leicht zu erfreuen!

Und die ganz schlichten waren noch leichter übers Ohr zu hauen, dachte Burrichter. Solche wie er. Solche, die plötzlich mehr Geld auf dem Konto hatten als gewohnt. Aber anstatt damit zufrieden oder gar glücklich zu sein, wollten sie mehr. Und je gieriger sie wurden, desto dümmer wurden sie auch. Am Ende sprangen sie freiwillig in die Falle! Bei der Erinnerung überlief es ihn kalt, obwohl ihm der Schweiß über Stirn und Nacken perlte.

Noch war er keinen Kilometer vom Inselstrand entfernt, und doch war die Weite um ihn herum schon überwältigend. Ein beeindruckender Himmel wölbte sich über ihm, die glitzernden Wattflächen rechts und links schienen endlos, die schmalen, leicht gekräuselten Wasserstreifen im silbrigen Grau verliehen dem Anblick Tiefe, und das Grün des Festlands schien noch meilenweit entfernt. Edzard Burrichter überlegte kurz; fünfeinhalb Kilometer, das waren in der Tat mehrere Meilen. Und er, ein kleiner Mensch in all dieser ehrfurchtgebietenden Natur, tapste hier ganz allein vor sich hin. Nun ja, abgesehen von den Gruppen dort vor ihm, deren breiter Fährte er folgte. Natürlich kannte er die Warnung, niemals allein ins Watt zu gehen. Allzu schnell konnten

Seenebel oder plötzliche Unwetter dem Wanderer die Orientierung rauben und ihn in den eigenen Untergang laufen lassen, buchstäblich. Aber doch nicht hier auf der Baltrum-Strecke, der einfachsten an der ganzen ostfriesischen Küste. Und schon gar nicht, wenn man der breiten Fährte solcher Touristenhorden folgte. Dabei konnte gar nichts passieren. Und das Geld für den Wattführer sparte man auch.

Die Gruppen vor ihm hatten sich inzwischen weit auseinandergezogen. Während einige zügig in Richtung Küste marschierten, schlugen andere ein Bummeltempo an. Das da links schien eine Schulklasse zu sein, Mittelstufe, schwer pubertätsgebeutelt. Die begleitenden Lehrer, die verzweifelt versuchten, den Schwarm zusammenzuhalten, waren nicht zu beneiden. Bei jedem Schlammloch wurde getobt und herumgespritzt, alles kreischte, heulte und brüllte, und der grabgabelbewehrte Gruppenführer hatte mit seiner Wattwurm-Show keine Chance. Sichtlich entnervt trottete er weiter in Richtung Festland. Armer Kerl, dachte Burrichter, der hatte sein Geld bestimmt schon mal leichter verdient.

Ach ja, das liebe Geld. Hatte man welches übrig, dann wollte man auch, dass es sich vermehrte, und zwar möglichst von allein. Früher hätte man es festverzinslich angelegt, aber welche Bank zahlte heute noch Zinsen? Der Goldpreis war bereits rekordverdächtig hoch, außerdem kostete die Lagerung von Goldbarren Gebühren, wollte man sie nicht im eigenen Heim verstauen und fortan schlaflose Nächte haben. Von Aktien verstand Burrichter zu wenig, da traute er sich nicht ran. Was blieb noch? Na klar, Immobilien.

Betongold sei eine sichere Sache, hieß es, allen geplatzten amerikanischen Immobilienblasen zum Trotz. Mit Häusern und Grundstücken kannte sich Edzard Burrichter einigermaßen aus, hatte er deren Preisentwicklung doch seit Jahrzehnten verfolgt. Daher erkannte er sofort, dass die beiden Mietwohnungen, die in einem Zeitungsinserat angeboten wurden, echt günstig waren. »Für schnell Entschlossene«, hieß es im Text. Burrichter ließ sich das nicht zweimal sagen und griff zu. Und zwar voll in die …

Er hatte das kleine Schlammloch nicht bemerkt, trat hinein und rutschte weg. Mit beiden Händen musste er sich auf dem modderigen Boden abstützen, um nicht lang hinzuschlagen. Als er sich wieder aufrappelte, ballte er vor Ärger die Fäuste. Der schwarze Schlick quoll zwischen seinen Fingern hindurch. Ja, dachte er, genau so fühlte sich das an damals.

Ein paar Schüler hatten sein Missgeschick bemerkt, zeigte auf ihn und lachten hämisch. Burrichter wich nach links aus. Dort ging eine Gruppe Erwachsener, die mit sich selbst genug zu tun hatten. Genau wie er. Sein Versuch, sich die Hände zu säubern, ohne seine Kleidung zu verschmutzen, ging voll daneben. Auch das noch! Hoffentlich ließ man ihn so überhaupt in den Linienbus.

Er warf einen Blick nach hinten; Baltrum lag nun schon ein Stück weit zurück, etwa ein Drittel der Distanz hatte er bereits geschafft. Gut so, denn über der Insel türmten sich dunkle Wolken auf. Nassgeregnet werden wollte Burrichter nicht. Obwohl – darauf kam es auch nicht mehr an.

Überrascht stellte er fest, dass es hinter ihm noch einen weiteren Einzelwanderer gab, einen Mann mittleren Alters mit Rucksack und Basecap, der ein flottes Tempo angeschlagen hatte. Daran tat er gut, denn die Flut lief bereits kräftig, und wer in den größeren Prielen keine nasse Hose bekommen wollte, musste sich beeilen.

Die Erwachsenengruppe vor ihm schien aus mehreren Ehepaaren zu bestehen, die sich gut kannten, vielleicht miteinander verwandt waren. Einige hatten sich offenbar mächtig in der Wolle. Dermaßen distanzlos stritt man sich höchstens an Weihnachten unterm Baum, fand Burrichter, aber doch nicht in aller Öffentlichkeit! Das Zetern schallte laut und ungeniert übers Watt, und die Schimpfworte, die immer deutlicher zu verstehen waren, je näher Burrichter kam, ließen ihm die Ohren glühen. Er hatte nie geheiratet und diese Tatsache oft bedauert. Jetzt schätzte er sich glücklich, jedenfalls in dieser Hinsicht.

In jeder anderen Hinsicht eher nicht.

»Der Notartermin ist morgen«, hatte ihm der Verkäufer eröffnet. »Die Interessentenliste ist lang. Wenn Sie nicht wollen, kauft eben jemand anderes. Entscheiden Sie sich.«

Burrichter hatte gezögert, alles in ihm hatte sich dagegen gesträubt, solch ein Geschäft unter Zeitdruck abzuschließen. Der günstige Preis aber war zu verlockend gewesen.

»Kann ich die Wohnungen nicht wenigstens vorher besichtigen?«, hatte er eine letzte Bedingung gestellt.

Der Verkäufer hatte den Kopf geschüttelt. »Geht nicht, die Mieter sind verreist. Aber ich kann Ihnen eine andere Wohnung zeigen, die genauso aussieht. Also, was ist jetzt?«

Da hatte er zugestimmt. Und eine tadellose, frisch renovierte Wohnung besichtigt. Danach war er beruhigt gewesen und hatte alles unterschrieben. Dämlich, wie er war.

Inzwischen hatte Burrichter seinen ursprünglichen Wanderkurs wieder aufgenommen, um aus der Hörweite der Streithammelgruppe zu kommen. Sein Plan, die Schüler zu überholen, war nicht aufgegangen, denn die hatten ihr Tempo inzwischen deutlich erhöht. Hatten ihnen die Lehrer einen Zwischenstopp bei Mäckes versprochen? Verzweifelt genug mussten die inzwischen sein. Edzard Burrichter jedenfalls hing zwischen den beiden Gruppen fest, eingedeckt mit dem Geplärre beider Seiten. Er verlangsamte seinen Schritt und blieb schließlich ganz stehen. Da holte er sich doch lieber nasse Füße im Priel, als sich noch länger dieser akustischen Umweltverschmutzung auszusetzen!

Apropos nasse Füße. Die dunklen Wolken hinter ihm hatten sich in den letzten Minuten bedrohlich aufgetürmt und weiter verdüstert. Das wollte doch wohl kein Gewitter werden! Allzu viel Vorsprung durfte er den Nervtypen da vorne also nicht lassen, sonst konnte es ungemütlich werden. Das schien auch dem Einzelgänger dort hinter ihm klar zu sein, denn der sputete sich mächtig und hatte schon deutlich aufgeholt. Und was war das dort ganz hinten? Kam da etwa noch jemand angelaufen, ebenfalls allein? Bei dieser Wetterlage und der weit fortgeschrittenen Flut? Das war doch wohl Leichtsinn pur!

Mit Leichtsinn kannte Edzard Burrichter sich aus. Inzwischen. Leider kam die Einsicht zu spät. Die Wohnung, die er besichtigt hatte, zusammen mit einem weiteren Interessenten, war natürlich nur der Köder gewesen. Der Speck in der Falle. Der Rest von dem großen Appartementhaus war vollkommen verlottert und marode, fast schon ein Fall für die Abrissbirne. Vom Keller bis zum Dach war die Bude ein einziger Sanierungsfall. Alles musste gemacht werden, ehe an Vermietung auch nur zu denken war. Statt der erhofften Einnahmen waren gewaltige Ausgaben fällig. Am Ende konnte er froh sein, dass die Bank sein kleines Häuschen als Sicherheit für den gewaltigen Kredit, den er aufnehmen musste, akzeptierte. Dafür konnte er bei den verlangten Zinsen und Gebühren nicht verhandeln, kein bisschen, sondern musste alles genau so schlucken, wie es ihm vorgelegt wurde. Obwohl er sein Haus vermietete und selbst in die kleine Dachwohnung zog, schnürte ihm die monatliche Belastung die Luft ab. Und die Perspektive gab ihm den Rest. 140 Jahre müsste er alt werden, um jemals in die Gewinnzone zu kommen! Tolle Aussichten.

Eine Windböe fuhr ihm in den Nacken, unerwartet heftig und kalt. Der Wetterumschwung war da, und der Priel direkt vor ihm, den die Schülergruppe gerade durchquert hatte, war schon ziemlich breit und tief geworden. Kräftige Wellen brachen sich an seinen Oberschenkeln, als er durch das Salzwasser watete. Die Strömung war deutlich spürbar, die Flut drückte kräftig ins Land. Bald würde hier der Blanke Hans sein unfreundliches Gesicht zeigen. Burrichter war nicht scharf darauf. Er erhöhte seine Schrittfrequenz.

Trotzdem hatte ihn der andere Alleinwanderer kurz darauf eingeholt. Burrichter nickte grüßend, und der andere grüßte zurück. Der Mann kam ihm irgendwie bekannt vor, und so, wie der guckte, ging es ihm ebenso. Waren sie sich auf Baltrum begegnet? Oder anderswo?

Als der andere direkt neben ihm ging, angestrengt atmend unter der Last seines Rucksacks, bemerkte Burrichter, dass er ebenfalls Neoprensocken trug. Was für ein Zufall!

»Sind Sie auch Hobbytaucher?«, fragte er.

Der andere schüttelte den Kopf. »Nee, die hab' ich noch vom Kitesurfen«, erwiderte er. »So was konnte ich mir früher leisten, wissen Sie? Aber das war einmal.« Nervös blickte er sich um.

Da fiel es Burrichter wie Schuppen von den Augen. Der Köder! Die renovierte Wohnung! Das war der Mann, der sie mit ihm zusammen besichtigt hatte. Und anschließend beim Notar hatte er ihn auch gesehen, im Wartezimmer. Direkt nach ihm war er dran gewesen.

»Sie sind Clemens Hagedorn, stimmt's?«, rief Burrichter aus. »Haben Sie auch so eine Schrottwohnung gekauft?«

Jetzt erkannte der andere ihn ebenfalls. »Eine? Schön wär's!«, stöhnte er. »Gleich drei! Dachte, das wäre das Schnäppchen meines Lebens gewesen. Aber ich hätte mich lieber direkt erschießen sollen!« Wieder schaute er über seine Schulter zurück.

Edzard Burrichter tat es ihm gleich. Regen peitschte ihm ins Gesicht. Über Baltrum hing eine tiefschwarze, geschlossene Wolkenbank, aus der soeben der erste Blitz zuckte. Er warf einen gespenstischen Schein auf eine laufende Gestalt etwas weiter weg von ihnen. Das musste der leichtsinnige Einzelwanderer sein; jetzt hatte er es wohl mit der Angst bekommen und rannte um sein Leben, dachte Burrichter. Keinen Augenblick zu früh.

Auch Hagedorn fiel in einen leichten Trab. »Ich muss mich beeilen«, keuchte er. Der Rucksack pendelte auf seinem Rücken hin und her. Offenbar war er schwer, und die Gurte waren nicht richtig eingestellt.

»Warten Sie, ich helfe Ihnen!«, rief Burrichter und streckte seine Hand nach dem Rucksack aus. Hagedorn zuckte zurück, kam aus dem Gleichgewicht, rutschte aus und schlug lang hin. Schlick spritzte nach allen Seiten, der Rucksack rutschte ihm über den Kopf. Der obere Verschluss löste sich, und der Inhalt quoll ans Licht. Banknoten! Braune, grüne und gelbe, bündelweise Banknoten! Burrichter schnappte nach Luft.

Die Schüler und die zerstrittene Erwachsenengruppe begannen zu kreischen. Burrichter fuhr herum. Hatten die etwas gesehen? Aber nein, sie hatten nur ebenfalls eine Regenböe abbekommen. Jetzt zogen alle die Köpfe zwischen die Schultern und nahmen die Beine in die Hand. Die hatten nur Augen für die rettende Küste.

Burrichter befreite Hagedorn von den verrutschten Rucksackgurten und half ihm auf die Beine. »Das hier«, sagte er und zeigte auf die bunten Scheine. »Was hat das zu bedeuten?«

Hagedorn schüttelte sich wie ein nasser Hund. »Erinnern Sie sich noch, wie der Typ hieß, der uns ausgenommen hat?«, fragte er zurück.

»Klar«, sagte Edzard Burrichter. »Bless, Ulrich Bless. Werde ich nie vergessen.«

»Ulrich Bless aus Esslingen bei Stuttgart.« Hagedorn nickte verbissen. »Aber wusste Sie auch, dass er ein Ferienhaus auf Baltrum besitzt? Und dass er dort sein Schwarzgeld bunkert?«

Burrichter sackte der Unterkiefer weg. »Der Bless? Auf Baltrum?« Fassungslos schüttelte er den Kopf. »Wenn ich das gewusst hätte ... na, dem hätte ich was erzählt!«

»Das können Sie jetzt nachholen«, sagte Hagedorn. »Da kommt er nämlich.«

Das schwarze Wolkengebirge hing inzwischen direkt über ihnen; der Himmel öffnete jetzt ernstlich seine Schleusen. Blitze zuckten wie wild um sie herum. In ihrem Schein wirkte die Gestalt, die durch den strömenden Regen auf sie zurannte, geisterhaft bleich. Nur das Ding, das der Mann in der Hand hielt, war schwarz. Klobig und schwarz, mit einem kurzen, bösartig aussehenden Lauf.

»Was will der von Ihnen?«, schrie Burrichter durch den heulenden Wind, der ihnen die Regentropfen schmerzhaft um die Ohren peitschte. Noch ehe er sie ganz ausgesprochen hatte, wurde ihm die Dämlichkeit seiner Frage bewusst. »Sie haben ihm sein Geld geklaut? Sein Schwarzgeld? Alles, was er Ihnen für die Schrottwohnungen angeknöpft hat?«

»Mehr«, stieß Hagedorn hervor. »Viel mehr! Alles, was da war. Und das war eine Menge.«

Die beiden Männer starrten sich an, standen bewegungslos in dem Inferno, das um sie herum ausgebrochen war. In den Regen mischte sich Hagel, hart und schmerzhaft wie Schrot. Sie spürten ihn nicht. Ringsum verschwand die Welt hinter einem undurchdringlichen Vorhang, der Baltrum ebenso auslöschte wie das Festland, das schon so nahe gerückt war. Von den anderen Wattwanderern war nichts mehr zu erkennen, selbst der nächstgelegene Priel war nur noch eine Erinnerung. Es gab nur sie beide. Und die vom Licht der Blitze gebleichte Gestalt des Mannes, der sie jetzt beinahe erreicht hatte.

Wie auf Kommando wandten sie sich ihm zu, traten einen Schritt auseinander. Ulrich Bless rannte wie wild, fuchtelte mit seiner Pistole. Sein flackernder Blick zuckte zwischen den beiden Männern hin und her. Ob er wusste, wer wer war? Eigentlich war das egal. Tötete er einen, musste er beide erschießen. Wen zuerst? Das ist wie Russisch Roulette, dachte Edzard Burrichter. Erschießt er mich zuerst, kann Hagedorn ihn packen. Und umgekehrt. Einer geht drauf, der andere behält den Jackpot. Eine 50:50-Chance. Gar nicht mal so schlecht, verglichen mit dem Deal, auf den sie beide hereingefallen waren.

Bless war nur noch wenige Meter entfernt. Seine Zähne waren gefletscht, seine Füße wirbelten durch die Gischt des trommelnden Regens. Seine nackten Füße. Schwarz von Schlick bis hoch zur Wade, aber nackt. Niemals mit nackten Füßen ins Watt, dachte Burrichter automatisch. Im selben Moment schrie Ulrich Bless laut auf. Durch die Schlickschicht an seinem linken Fuß schoss rotes Blut aus einem tiefen Schnitt. Beide Arme weit ausgebreitet, stürzte Bless bäuchlings ins nasse Watt, die rechte Hand mit dem Revolver direkt zu Burrichters Füßen. Ohne nachzudenken, trat der darauf, drückte die Waffe mit seinem neoprengeschützten Fuß tief in den nassen Sand. Hagedorn holte mit seinem Rucksack aus und donnerte Bless das prall gefüllte Ding wuchtig auf den Kopf. Der Aufprall verursachte ein unerwartet lautes Geräusch.

»Was hast du denn noch da drin außer Geldscheinen?«, fragte Burrichter. »Rollen mit Hartgeld?«

»Stemmeisen, Kuhfuß, so ein Zeug eben.« Hagedorn zuckte mit den Schultern. »Irgendwie musste ich ja in seine Bude reinkommen.«

Wieder schauten sich die Männer sekundenlang an. Dann bückten sie sich wie auf ein stummes Kommando, packten Bless an beiden Armen und schleiften ihn die wenigen Meter bis zum nächsten Priel, der in den letzten Minuten beträchtlich angeschwollen war. Dort warfen sie den Körper hinein, und sie ließen ihn erst los, als sie sicher waren, dass kein Luftbläschen mehr aufstieg. Nicht das kleinste.

Als Regen, Hagel und Sturm nachließen, hatten sie den Inhalt von Hagedorns Rucksack aufgeteilt. Wenige Minuten später war das Unwetter vorbei, ebenso schnell, wie es begonnen hatte. Als Burrichter und Hagedorn das Deichvorland bei Neßmersiel erreichten, ausgepumpt, aber beseelt lächelnd, da strahlte die Sonne schon wieder mit ihnen um die Wette und ließ ihre nasse Kleidung dampfen.

»Nanu«, sprach eine der zänkischen Wanderfrauen Edzard Burrichter bei den Fußduschen an. »Waren Sie nicht allein, als Sie losgelaufen sind?«

»Aber wo denken Sie denn hin!« Burrichter legte Hagedorn den Arm um die Schultern. »Ins Watt sollte man doch niemals allein gehen. Was da alles passieren kann!« Hagedorn nickte bestätigend. Seite an Seite schritten beide davon.

Wanderwegkiller, freilaufend

TATJANA KRUSE

Der Antrieb eines jeden Wanderers ist seine Neugier. Was kommt noch auf mich zu? Welche Hürden stellen sich mir noch in den Weg? Und: Was verbirgt sich hinter der nächsten Kurve? Es könnte ein Killer sein. Oder zwei? Oder drei? Alles ist möglich.

Je steiniger der Weg,
desto schmerzhafter die Blasen.

Hier?« Polly zeigte auf das windschiefe Holzbänkchen an der Kreuzung von Limespfad und Mühlenwanderweg.

»Die bricht doch unter uns entzwei.« Meiner Meinung nach wurde das Holz nur von den Flechten zusammengehalten.

»Mir tun aber die Füße weh. Ich muss mich setzen.« Und schon saß sie.

Polly – eigentlich Pauline – und ich, Karla – eigentlich Karla –, waren beste Freundinnen. Nicht immer schon, aber seit ich vor zehn Jahren in diese Gegend gezogen war. Uns verband die Liebe zum Handarbeiten, zu Horrorfilmen und zum Wandern.

Plopp machte Pollys Thermoskanne beim Öffnen.

Ich blieb unschlüssig stehen und sah zu dem Baum direkt hinter der Bank hoch, den ich nicht identifizieren konnte, der aber so aussah, als würde regelmäßig Insektengesocks von seinen Ästen fallen. Pollys Kräutertee war schlimm genug und würde durch Fleisch-Einlagen wie Zecken oder Blattläuse zweifelsohne nicht schmackhafter. Und sollte die Bank unter meinem Gewicht zusammenbrechen, durfte ich gesichert davon ausgehen, dass Polly ein Handyfoto schießen und auf Instagram einstellen würde. Aber es half ja nichts – mir taten die Füße auch weh. An der rechten Ferse konnte ich eine fette Blase spüren. Außerdem hatte ich ein Hüngerchen.

»Na gut.« Ich pflanzte meinen Hintern auf das Holz, ruckelte ein wenig und war's zufrieden. Die Bank hielt.

»Bitte schön.« Polly reichte mir einen dampfenden Becher. Sie war die gute Seele unserer Sonntagswanderungen – ohne sie gäbe es keinen Tee und keine belegten Brote. Okay, scheußlich schmeckenden Tee und durchweichte, weil falsch herum belegte Sandwiches, aber trotzdem lieb von ihr.

»Wer hätte gedacht, dass heute so viel los ist«, fing Polly an. Einfach nur still sein und die Natur genießen, das konnte sie nicht. Schweigen war keine Kernkompetenz von ihr, dafür hatte sie andere Talente.

Ich zuckte nur mit den Schultern und pustete den Dampf über dem Becher von mir weg.

»Wir hätten uns nicht auf diese App verlassen sollen«, fuhr Polly fort. »So wie offenbar hunderttausend andere.« Es klang wie ein Vorwurf.

Ich hatte eine App heruntergeladen, die Wanderweg-Vorschläge rund um unseren Standort machte. Da das mit der App meine Idee gewesen war, ging ich in die Defensive. »Ich weiß gar nicht, was du hast. Mir gefällt's hier.« Ich zeigte mit der freien Hand ins waldige Grün. Weil ich das so schwungvoll tat, wackelte die Hand mit dem Becher, und heißer Tee spritzte mir in den Schoß. Für Außenstehende musste es so aussehen, als hätte ich mich eingenässt. Ich fluchte verhalten. Und sagte dann: »So viele Leute sind hier ja auch gar nicht.«

Wenn man solch definitive Aussagen trifft, lacht sich das Schicksal natürlich ins Fäustchen und schickt prompt jemanden vorbei.

Wir hatten ihn in dem unübersichtlichen Waldgelände nicht kommen sehen, darum erschraken wir, als er plötzlich »Gott zum Gruße!« rief.

Mitte vierzig, Glatze mit Sommersprossen und – ja, tatsächlich – beiger Lodenjanker zu Krachledernen.

Polly und ich zwangen uns ein Lächeln auf die Lippen und nickten. Unisono. Wie zwei Wackeldackel.

»Herrlicher Tag heute, nicht wahr?« Er baute sich vor uns auf.

Alleinwanderer – noch dazu Alleinwanderer ohne Hund – waren mir immer suspekt.

»Traumhaft schöner Tag!«, gab Polly ihm überflüssigerweise recht und klopfte neben sich auf die Bank. »Wollen Sie sich kurz zu uns setzen? Es gibt Kräutertee.«

Ich stieß ihr den Ellbogen in die Seite, aber es war zu spät.

»Sehr freundlich!«

In dem Moment, als er sich setzte, stand ich auf. Drei von unserem Kaliber hielt die Bank bestimmt nicht aus. Ich warf meiner Freundin einen tadelnden Blick zu. Hatte das jetzt wirklich sein müssen?

»Keinen Tee, danke. Aber ich weiß Ihre Gastfreundschaft zu schätzen.« Er wirkte erhitzt. Kein Wunder, warum lief er auch bei hochsommerlichen Temperaturen in voller Oberbayernmontur herum? Aber jeder nach seinem Gusto.

»Als ich Sie beide so sah, da sagte ich mir, Werner, sagte ich, du musst diese entzückenden Damen darauf aufmerksam machen, dass der Wanderwegkiller immer noch auf freiem Fuß ist und sein Unwesen treibt.«

Ich rollte mit den Augen. Offenbar knirschend, denn sowohl der Sommersprossenglatzler als auch Polly sahen zu mir auf.

»Tun Sie das nicht leichtfertig ab. Der Wanderwegkiller ist kein urbaner Mythos. Schon seit Anfang April geht er hier in der Gegend um. Ich als Wanderfreund verfolge das ganz genau.« Er sah sich besorgt um. Aber auf der Wegstrecke, die man von der Bank aus einsehen konnte, befand sich nichts Auffälligeres als ein nicht ordnungsgemäß entsorgter Hundehaufen.

»Warum die Sorge? Sie kennen uns doch gar nicht.« Ich musterte den Wanderfreund mit strengem Blick. Warum hatte er keinen Rucksack dabei? Das war doch verdächtig. Polly und ich hatten beide unsere Sechzig-Liter-Hochleistungsrucksäcke mit ergonomischen Tragekomfort umgeschnallt, bis zum Anschlag gefüllt. Aber er war mit nichts weiter als einer bordeauxroten Herrenhandtasche unterwegs.

»Ich sorge mich um all meine Mitmenschen«, erklärte er.

Der Typ war mir suspekt. Ich hatte irgendwo gelesen, dass der Wanderwegkiller seinen Opfern mit einem scharfen Gegenstand die Kehle aufschlitzte. Für so ein mörderisches Skalpell war eine Herrenhandtasche durchaus ausreichend. Misstrauisch legte ich die Stirn in Falten. Meine Faltenlage vertiefte sich noch, als er den Reißverschluss seiner Handtasche aufratschte und hineingriff.

Hastig sah ich mich um. Drüben zwischen zwei mittelgroßen Findlingen lag ein Ast, mit dem ich ihn problemlos würde ausknocken können. Ich war nicht die Schnellste, und womöglich wäre es für Polly zu spät, aber mich würde er nicht kriegen.

Doch noch bevor ich lospurten konnte, zog er ein Faltblatt aus der Tasche. »Die Sorge um meine Mitmenschen ist mir Beruf und Berufung«, hub er an und klang plötzlich salbungsvoll. »Ihr Schicksal liegt in Gottes Hand, Sie können ihm nicht entgehen. Darum muss ich Sie fragen: Haben Sie Vorkehrungen für Ihre unsterbliche Seele getroffen?«

»Äh …«, fing Polly an und sah unsicher zu mir.

Er reichte ihr das Faltblatt. »Ich gehöre einer unabhängigen Bibel-Gemeinde an. Lesen Sie den Flyer gewissenhaft! Nur wahre Reue kann Sie retten. Denn vergessen Sie nicht: Die Reulosen erwartet die ewige Verdammnis.«

Ich stemmte die Hände auf die Hüften, eine reine Übersprungshandlung, weil ich sonst nämlich trotz Entwarnung den Knüppel geholt und ihm eins übergebraten hätte. Spirituelles Kraftfutter per Zwangsernährung? Das bürstete mich gegen den Strich.

»Wir werden … äh … den Flyer gern durchlesen«, log Polly.

»Tun Sie das.« Er stand auf. »Nicht vergessen – ewige Verdammnis!« Dann ging er weiter.

Als er außer Hörweite war, raunte Polly: »Mobiles Missionieren – ist das ein neuer Trend?«

Ich brummte ungnädig.

Kurz bevor der Sommersprossenglatzler aus unserem Sichtfeld verschwand, drehte er sich um und jodelte, den Zeigefinger gen Himmel reckend: »Ewige Verdammnis!«

Polly winkte ihm zu.

»Unglaublich!« Ich ließ mich schwer auf die Bank sinken und trank meinen mittlerweilen kalten Kräutertee auf ex.

»Sollten wir uns Sorgen um den Wanderwegkiller machen?« Polly schaute bang nach links und nach rechts und nach hinten und sogar unter die Bank. Was Horrorfilme anbelangte, sollte sie vielleicht etwas kürzer treten.

»Quatsch!«, erklärte ich, dachte aber gleich darauf, dass in so einer Herrenhandtasche durchaus Platz für Flyer *und* ein Skalpell war. Womöglich war das eben nur das Vorspiel gewesen, und jeden Moment würde der Sommersprossenglatzler mit gezücktem Operationswerkzeug angewuselt kommen und uns massakrieren.

»Lass uns weitergehen!«, entschied Polly, packte die Thermoskanne ein und stand auf.

»Ich habe aber Hunger.«

»Pech. Du kannst auf der nächsten Bank vespern.«

Das Wandern ist des Mörders Lust.

Es ging jetzt stetig bergauf, hinein in den zunehmend finster werdenden Wald.

Steigungen über fünf Prozent brachten meine untrainierte Lunge zum Keuchen, zumal der Rucksack tonnenschwer auf meinen Schultern lastete, darum verstand ich nicht sofort, was Polly einige Zeit später sagte, als sie abrupt stehenblieb und sich mit weit aufgerissenen Augen umsah.

»Hä?«, röchelte ich. »Was?«

»Hast du das gehört?«, bühnenflüsterte sie mir zu.

Ich hörte über meinen eigenen Atem hinweg rein gar nichts. Es dauerte einen Moment, bis ich meine Luftzufuhr wieder unter Kontrolle hatte. Dann lauschte ich.

»Es kam von hinter uns«, raunte Polly.

Ich drehte mich um.

Und ja, im Umdrehen nahm ich aus den Augenwinkeln eine Bewegung wahr. Etwas verschwand hinter einem Gebüsch. Etwas Beigebraunes. Ein Reh? Unser Loden-bekleideter Zwangs-Missionar? Ich hätte den Knüppel von vorhin mitnehmen sollen.

»Jetzt mach dich nicht verrückt«, erklärte ich mit mehr Selbstsicherheit, als ich in Wirklichkeit empfand. »Es ist niemand hinter uns her – das war bestimmt nur ein Wildschwein!«

Wir stapften weiter.

Aber es ließ sich nicht leugnen – hinter uns knirschte und knackte es.

Da. War. Wer!

Auf halber Hanghöhe sahen wir in einer kleinen Lichtung einen fast mannshohen Polter, also aufgeschichtete Holzstämme, die auf ihre Abholung durch die Forstmitarbeiter harrten. Stumm tauschten wir einen Blick aus. Dahinter würden wir uns gut verstecken können.

Wir legten einen Zahn zu, erreichten schnaufend den Holzstapel und duckten uns hinter die Stämme. Polly kramte nach ihrem Schweizermesser, ich war damit beschäftigt, wieder zu Atem zu kommen.

Das Knacken näherte sich. *Knack. Knack. Knack.*

Dann wurde es still.

Und blieb still.

Wir saßen eine gefühlte Ewigkeit mit angehaltenem Atem nebeneinander. Hatten wir überreagiert?

Schließlich schluckte ich schwer und schob mich millimeterweise nach oben, bis ich über den obersten Stamm lugen konnte.

»Suchst du mich, Schnecke?«

Wie ein Springteufel tauchte auf der anderen Seite des Polter urplötzlich ein Mann auf.

Vor Schreck katapultierte es mich nach hinten. Gut, dass ich den Rucksack noch umgeschnallt hatte, so landete ich wenigstens relativ weich.

Es war ein riesengroßer Kerl. Mit einer üblen Visage. Und einem Skalpell in der Hand.

Scheiße!

Polly schälte sich aus ihrem Rucksack, sprang auf und hielt mit beiden Händen das Schweizermesser vor sich. »Kommen Sie nicht näher!«, rief sie, mit mehr Zittern als Bedrohlichkeit in der Stimme.

Ich blieb noch einen Moment liegen. Weil ich so fassungslos war. Bitte, wie verrückt war das? Die Wahrscheinlichkeit, dass es der Wanderwegkiller tatsächlich auf *uns* abgesehen hatte, musste doch kleiner gleich null sein, oder? Noch geringer als ein Sechser im Lotto.

Er kam um den Holzstapel herum. Lautlos, wie ein Raubtier im Angriffsmodus. Beige Jogginghose, beiges Kapuzenshirt. Sein Grinsen verhieß nichts Gutes. Krampfhaft versuchte ich mich zu erinnern, was er mit seinen Opfern sonst noch angestellt hatte, außer sie umzubringen. Unter mir wurde es feucht.

»Was ist das?« Er blieb stehen und schaute kritisch zu der Lache, die sich unter mir ausbreitete. Sie war rot. »Ist das so ein Frauendings?«, fragte er leicht angeekelt.

Meine Güte, als Mörder hätte ich etwas mehr Abgebrühtheit in Sachen Körperflüssigkeiten von ihm erwartet.

»Lauf!«, kreischte Polly und wollte mich auf die Beine ziehen, aber da stürzte sich der Wanderwegkiller nach vorn und packte meine Freundin am Kragen ihres Polohemdes.

»Hiergeblieben, Schätzelein!« Er grinste hämisch und hob die Hand mit dem Skalpell.

»Nein!«, gellte ich und versuchte, ihm im Liegen gegen das Schienbein zu treten. Was mir auch gelang, aber keinerlei Wirkung zeitigte. Ein Mehrfachmörder empfindet im Adrenalinrausch der Tat offenbar keinen Schmerz. Und meine Tritte hatten ja auch nicht den Wumms eines Jackie Chan.

»Nein!«, gellte plötzlich auch eine Männerstimme.

Etwas wirbelte durch die Luft.

Es war eine bordeauxrote Herrenhandtasche.

Sie traf den Skalpellkiller an der Schläfe. Er geriet ins Taumeln.

Der Sommersprossenglatzler holte aus und schlug erneut mit der Handtasche zu. Er traf sein taumelndes Opfer in einem aufsteigenden Winkel unter dem Kinn. Dessen Kopf wurde in den Nacken geschleudert, und er stürzte schwer gegen die Holzstämme. Es gab ein knirschendes Geräusch. Der Skalpellkiller glitt auf den Waldboden. Weil der Mann mit weit offenen, blicklosen Augen liegenblieb und sich so gar nicht mehr rührte, ging ich mal davon aus, dass er sich beim Aufprall das Genick gebrochen hatte und tot war.

Der Sommersprossenglatzler hob die handtaschenfreie Hand, in der er einen seiner Flyer hielt. »Jetzt hat er das Faltblatt gar nicht mehr gelesen.« Er sah uns waidwund an.

»Auf den wartet so oder so die ewige Verdammnis!«, sagte Polly und legte ihm mütterlich-tröstend die Hand auf die Lodenschulter. »Danke! Sie haben uns das Leben gerettet!«

Ich schälte mich aus meinem Rucksack und rappelte mich auf. »Ja, vielen Dank!«

Er nickte. Sein Blick huschte zu der roten Lache unter meinem Rucksack ... und fragend hob er eine Augenbraue.

»Rote-Beete-Saft?«, sagte ich mit treuherzigem Augenaufschlag.

Der Weg ist nicht das Ziel,
der Weg ist der Mord.

»Es war ein Unfall!« Polly schluchzte in das völlig durchweichte Zellstofftaschentuch, das ihr der Kommissar gereicht hatte. Wobei das Taschentuch natürlich noch trocken gewesen war, als er es ihr ritterlich angeboten hatte.

Wir saßen in einem Mannschaftswagen der Polizei, der auf dem Forstweg am Ende der Lichtung parkte. Unsere Rucksäcke lagen auf unserem Schoß.

In der Lichtung waren Scheinwerfer aufgestellt worden. Es wimmelte vor Polizisten und Spurensicherern.

»Es macht Ihnen niemand einen Vorwurf«, tröstete der Kommissar die allmählich leer geweinte Polly. »Im Gegenteil, wenn ich könnte, ich würde Ihnen einen Orden verleihen. Zwei menschliche Bestien weniger.«

»Zwei?«, hauchte ich. »Dann war der Mann in Beige tatsächlich der Wanderwegkiller?«

Saublöde Frage – wie viele Leute wanderten schon mit einem gezückten Skalpell durch die Natur.

Wie sich herausstellte, doch mehr als man meinen würde.
»Sie haben beide Menschenleben auf dem Gewissen. Es gab nämlich mehr als einen Wanderwegkiller. Wir haben das aus ermittlungstechnischen Gründen nicht an die Öffentlichkeit gegeben, aber die zahlreichen Leichen der letzten Monate gingen nicht allein auf das Konto des ursprünglichen Skalpellmörders.« Der Kommissar sah aus, als würde er am liebsten verächtlich in den Waldboden spucken. »Es gab auch noch einen Nachahmungstäter, der seine Opfer zwang, laut aus einem Erbauungsflyer vorzulesen, bevor er sie umbrachte. Eins der Opfer hat die Attacke überlebt und uns erzählt, dass der Mann – ein jovialer Typ – ihn vor der ewigen Verdammnis bewahren wollte. Ehrlich gesagt, ich bin froh, dass es nun zu Ende ist.« Er nickte uns zu. »Sie haben der Gesellschaft einen Gefallen erwiesen. Ich hole Ihnen jetzt einen Kollegen, der Sie nach Hause fährt.« Er lächelte uns aufmunternd zu und ging zu der Gruppe an Polizisten auf der anderen Seite der Lichtung.

»Wir sind noch nicht aus dem Schneider«, flüsterte Polly.

Ich nickte.

Wir hatten zu Protokoll gegeben, dass wir fröhlich unseres Weges gewandert seien, als wir hinter den Holzstämmen gesehen hätten, wie der Mann mit dem Skalpell den Glatzköpfigen abstach. Als er uns entdeckte und auf uns zustürzte und mir schon beinahe das Skalpell an die Kehle gesetzt hatte, um auch mir den Garaus zu bereiten, da habe Polly die Handtasche auf dem Boden gesehen und flugs aufgehoben und sie ihm mit aller Kraft gegen die Schläfe gedonnert. Dass er dermaßen unglücklich mit dem Genick auf dem Holzstamm aufkam, dass er starb, das war ... nun ja, ein Unfall.

Der Kommissar hatte uns das ohne mit der Wimper zu zucken abgenommen. Das war der Vorteil, wenn zwei mittelalte, mittelhübsche Wanderinnen eine Aussage machten. Man glaubte ihnen.

Und keiner kontrollierte unsere Rucksäcke. Warum auch? Wir hatten deren filetierten Inhalt völlig umsonst mit unseren Klappspaten etwas weiter im Wald verbuddelt.

Dass in Wirklichkeit nicht alle im Wald gefundenen Leichen auf das Konto der beiden nunmehr toten Männer gingen, würde ein Geheimnis bleiben. Uns unterschied von der Konkurrenz nur der Umstand, dass wir nicht vor Ort im Wald killten – wir lockten unsere Opfer in unsere Wohnungen, zerteilten die Leichen in der Badewanne und vergruben die Leichenteile anschließend in den umliegenden Wäldern.

»Jetzt, wo die anderen Wanderwegkiller tot sind, darf es keine Toten im Wald mehr geben«, seufzte Polly. »Dir ist klar, dass wir uns ein anderes Hobby suchen müssen.«

»Unsinn.« Ich zuckte mit den Schultern. »Wir müssen uns nur eine andere Form des Entsorgens suchen.« Ich schürzte die Lippen und sah Polly an. »Was hältst du davon, wenn wir den Segelbootführerschein machen?«

»Und dann Fische füttern?«

»Und dann Fische füttern!«

Sie lächelte. »Au ja. Ich *liebe* Tiere!«

Der Kommissar winkte uns von fern zu und bedeutete uns, dass es noch einen Moment dauern würde.

Wir winkten zurück.

Und lächelten.

Ohne Gewicht

THOMAS KASTURA

Die Geheimnisvolle ist so geheimnisvoll, weil sie voller Geheimnisse steckt. Könnte aber ihr größtes Geheimnis vom Höchsten der Gefühle direkt in den tiefsten Abgrund verführen? Das bleibt – noch – ein Geheimnis.

»Glaube nicht an die Märchen,
die man über uns erfunden hat:
Wir töten niemanden, wir schenken nur Liebe.«

Guiseppe Tomasi di Lampedusa, »Die Sirene«

In der Sonne ist alles schwerelos. Das Meer gleicht einer gespannten Folie. Die Berge sehen aus wie Wasserdampf und scheinen sich aufzulösen. Der Wind streicht durch die Haare, ganz anders als unten am Ufer, wo einem der Scirocco seine Fledermausflügel ins Gesicht klatscht.

Tags zuvor bestieg ich mit Gina den Monte Fossa delle Felci, einen Vulkankegel auf der Insel Salina. Wir übernachteten auf dem Gipfel. In der Dämmerung war die Straße, die sich durch das Val di Chiesa windet und die Insel Salina in zwei Teile schneidet, kaum noch zu erkennen. Jetzt, kurz nach Morgengrauen, leuchtet sie auf, eine milchige Rinne zwischen den beiden Bergmassiven. *Didyme* wurde Salina in der Antike genannt, die Zwillingsgipfelige. Auf der anderen Seite des Tales erhebt sich der Monte dei Porri. Die Häuser an seinem Fuß ähneln angespülten Ölkanistern.

Hier oben fühle ich mich wie ein Wolkenfürst. Von meinem Thron aus Tuff überblicke ich das Äolische Archipel. Im Süden liegt Lipari, dahinter fast völlig verdeckt Vulcano. Weit im Osten raucht der Stromboli wie bei der Erschaffung der Welt. Dazwischen ist Panarea zu erkennen, im Sommer ein Ferienclub der Reichen.

Und im Westen Filicudi und Alicudi, abgelegener, eigenwilliger als die anderen Inseln.

»Alles in Ordnung?«, höre ich sie hinter mir.

Gina schält sich aus ihrem Schlafsack.

Ich drehe mich um. Sie ist wunderschön.

Das Leben suchst du, suchst du. Manchmal liegt es einfach vor dir, hell und strahlend, als könntest du es berühren.

»Ja, sicher«, sage ich. »Hab nur ein wenig geträumt.«

»Man kann gar nicht anders, oder?« Sie setzt sich neben mich auf die vorspringende Felsplatte und lässt ihre Beine herunterbaumeln. Obwohl sie gerade erst aufgewacht ist, wirkt sie kein bisschen müde.

»Kommst du oft hierher?«

»Jetzt nicht mehr.« Sie geht von der Kante weg und schlüpft in ihre Chucks. »Früher bin ich jeden Sonntag hier gewesen. Danach habe ich immer die Madonna besucht, in der Wallfahrtskirche unten am Hang.« Mit einer nachlässigen Geste deutet sie auf eine Stelle zwischen den beiden Bergen. »Wenn du willst, schauen wir sie uns an.«

»Klar.«

Gina ist achtzehn. Sagt sie. Halb so alt wie ich. Kurze, schwarze Locken schmiegen sich an ihren schmalen Schädel wie ein antiker Helm. Ihrem olivfarbenen Teint können Sonne und Salz nichts anhaben. Ein federleichter Knabenkörper, der in einem Ringel-T-Shirt und löchrigen Jeans steckt. Mit ihren Stoffturnschuhen kann sie die Insel bestimmt in Windeseile durchmessen.

Versonnen beginnt sie ein Lied zu singen. *La descrizione di un attimo.* Nicht gerade eine Tanznummer, eher ein Liebeslied. In der Bar, wo ich Gina kennengelernt habe, lief es so oft, wie sie es sich vom DJ gewünscht hat. Niemand kann ihr einen Wunsch abschlagen. Sie singt mit klarer hoher Stimme, trifft die Töne genau.

Nach einer Weile stopfe ich unsere Schlafsäcke in den Rucksack. Wir nehmen ein paar Schlucke aus der Wasserflasche. Ich gebe eine Runde Kaugummi aus, und nach einem letzten Blick aufs Meer machen wir uns an den Abstieg. Am Rand des Kraters gelangen wir zurück zu dem Sattel zwischen dem Monte Fossa delle Felci und dem etwas niedrigeren Monte Rivi. Von dort nehmen wir einen Treppensteig zur Wallfahrtskirche.

Gina fliegt über den Tuffstein. Ich versuche mitzuhalten, immer in der Angst, umzuknicken oder wegzurutschen. Als wir ankommen, schnaufe ich wie ein Maultier, mein Hemd ist durchnässt.

Gina will das Marienbildnis heute nicht besuchen. Sie möchte lieber draußen warten. »Geh ohne mich rein.«

Die beiden Turmspitzen der Kirche sind mit Kreuzen bewehrt. Ihre braunen Mauern heben sich von dem angrenzenden weißen Klostergebäude ab.

»Die Madonna ist wirklich sehenswert«, versucht sie mich zu überreden. »Manchmal lächelt sie sogar. Und lass dir von Don Bartolo die Votivbilder zeigen. Schiffe in Seenot, Netze voller Fische, das könnte dich interessieren.«

»Warum kommst du nicht mit?«

Gina schaut weg. »Keine Lust.«

Hinter ihrer Weigerung scheint mehr zu stecken. Ich bin unschlüssig. »Komm schon«, probiere ich es noch einmal. »Ohne dich habe *ich* keine Lust.«

»Don Bartolo wird mich rausschmeißen.«

»Aber warum?«

»Weil …« Sie hält inne. »Weil sie mich für böse halten.«

»Was soll das heißen?« Ich kann meine Überraschung nicht verbergen. Gina und böse?

»Sie glauben, ich hätte jemanden umgebracht«, fährt sie fort.

Ich bin fassungslos. »Wovon redest du da?«

»Ist natürlich völliger Quatsch. Das heißt …« Sie zögert, schaut zu Boden. »Es gab da einen Jungen, mit dem ich zusammen war. Nur kurz, ein paar Wochen oder so. Favio. Eines Tages ist er verschwunden. Zuvor waren wir gemeinsam am Strand, an einer einsamen Stelle, wo uns keiner sah. Wir haben …, na ja, du weißt schon.« Sie grinst verlegen. »Aber ist ja nichts dabei.« Schulterzucken. »Irgendwann musste ich nach Hause. Favio ist geblieben. Wollte noch am Meer sitzen und seinen Gedanken nachhängen. Am nächsten Morgen haben sie ihn bei Rinella aus dem Wasser gezogen. Mit einem Schädelbruch. Muss ein Unfall gewesen sein, da unten bilden sich manchmal Strudel. Hat mit den Vulkangasen zu tun.«

Warum erzählt sie das ausgerechnet mir? Wir kennen uns erst seit ein paar Tagen, in der vergangenen Nacht ist nichts zwischen uns passiert. Aber einem Fremden schließt man sein Herz oft leichter auf als den Menschen, die glauben, darauf ein Anrecht zu haben.

»Du wurdest verdächtigt?«, frage ich.

»Anfangs nicht. Sie wussten ja gar nicht, dass wir etwas miteinander hatten. Aber dann …« Sie kichert wieder. »Ich hab meinen Slip am Strand vergessen. Blöd, oder? Passiert mir auch garantiert nicht wieder. Und weil ich das mit Favio und mir verschwieg, dachten sie, dass ich es war.«

Wut steigt in mir hoch. »Wer sind *sie*?«

»Don Bartolo, meine Mutter, meine Brüder. Die Menschen in Leni. Das ist der Ort, wo ich herkomme. Da drüben die Straße runter.« Sie zeigt auf die Häuser am Ausgang des Val di Chiesa.

»Deine eigene Familie hält dich für eine Mörderin?«

»Sie sind ziemlich altmodisch. Haben sich hintergangen gefühlt. Das ist hier tiefste Provinz, vor allem im Inneren der Insel. Jedenfalls gab es Streit, und ich flog zuhause raus.«

»Wurde der Fall aufgeklärt?«

»Die Polizei hat das Ganze als Unfall behandelt. Der Commissario hat sogar versucht, mich vor meiner Familie in Schutz zu nehmen. Aber es hat nichts genutzt.«

Ich deute mit dem Kopf zum Kirchenportal. »Und seither …?

»Sie wollen nicht, dass ich in die Kirche gehe. Sie sagen, ich würde die Madonna beschmutzen.«

»Das ist ja mittelalterlich!«

»Ich gebe nichts drauf«, winkt sie ab. »In Marina unten am Meer sind die Leute vernünftiger.«

Ich möchte schleunigst weg von diesem Ort. Wir hätten nicht herkommen sollen. »Gehen wir fort von hier.«

»Wie du meinst«, willigt sie ein und lächelt dazu. Ich denke: Gilt dieses Glitzern in ihren Augen und der Funkenregen in ihrem Mund wirklich mir?

Wir teilen uns den Rest der Wasserflasche. Dann wenden wir uns nach Norden Richtung Malfa, gehen weiter bergab. Als wir den Ausgang des Tals erreichen, ist Ginas Unbekümmertheit verschwunden. Mürrisch kickt sie Steine vor sich her.

Ich ergehe mich in Beschimpfungen, bestärke Gina in ihrem Entschluss, die Moralapostel zu ignorieren.

»Ich bin nicht böse«, sagt sie mehr zu sich selbst als zu mir.

»Lass dir nichts einreden. Du tust ja gerade so, als ob es dir peinlich sei.«

Wir gehen nebeneinander her. Sie erzählt weiter. »Danach hatte ich was mit einem steinalten Engländer, Terry. Er wohnte in einer Villa über dem Laghetto, beobachtete die Vögel, die an dem See Rast machen. Ganz verrückt nach Vögeln war der. Schrieb genau auf, welchen er wo gesehen hat, wie sie aussahen und so weiter. Die meisten Vogelnamen kannte ich gar nicht. Seidenreiher, Stelzenläufer, Zilpzalp. Lustig, nicht? Zilpzalp.«

»Und? Was ist geschehen?«

»Terry schluckte zu viel Viagra. Dann lag er tagelang flach. Ich hab mich um ihn gekümmert, die Wäsche gewechselt, das Bett sauber gemacht. Aber ich konnte bei ihm wohnen, und bezahlt hat er auch ganz anständig. Eines Tages hab ich ein paar Vögel gefangen und auf dem Grill gebraten, die zutraulichsten, die auf die Terrasse kamen. Ich wusste, dass ihn das auf die Palme bringt. Er sollte das Ganze von sich aus beenden. Und so kam's dann auch.«

Ich weiß nicht, was ich von der Geschichte halten soll. Will Gina sich mit ihren Eroberungen brüsten? Oder ist sie einfach nur pleite? Ich frage, ob sie Geld braucht.

Auf ihrer Stirn erscheint eine Furche wie ein Knick auf einem frischen Blatt Papier. »Glaubst du, ich will dich rumkriegen? Dass ich deshalb mit dir auf den Fossa gestiegen bin?«

»Nein, nein.« Ich ärgere mich über mein Misstrauen.

»Hast wohl gedacht, ich beklau dich im Schlaf?«

»Tut mir leid, Gina, ehrlich. War ne blöde Reaktion von mir. Ich könnte mich ohrfeigen.«

Sie zieht die Oberlippe hoch. »Dann tu's doch.«

»Was?«

»Hau dir eine runter! Na los!«

Das finde ich kindisch, aber was soll's? Um ihr Vertrauen zurückzugewinnen, schlage ich mir auf die Backe, möglichst kräftig. Sie ist nicht zufrieden.

»Das war gar nichts. Lass mich mal.«

Sie holt aus. Ich zucke zurück.

»He, stillhalten!«

»Okay.« Ich nehme mich zusammen und schaue auf die Straße, damit ich den Schlag nicht kommen sehe.

»Fertig?«

»Ja.«

Gina gibt mir einen liebevollen Klaps und zieht mich am Ohrläppchen. »So, das war's. Das nächste Mal setzt es eine Tracht Prügel!« Sie droht mir mit dem Zeigefinger und lacht. Groß, laut, entwaffnend.

Stumm gehen wir weiter. Sie ist überheblich, selbstverliebt. Sie nimmt die Geheimnisse, die sie mit mir teilt, auf die leichte Schulter.

In Malfa empfängt uns die Mittagsstille, dick wie Sirup. Niemand ist auf der Straße, die Fensterläden der einstöckigen Häuser sind geschlossen. Wegen der strengen Baubestimmungen auf Salina dürfen sie nicht höher sein. Sie wirken wie eine Gruppe Menschen, die beieinander stehen und wortlose Blicke tauschen.

Der nördliche Teil der Insel liegt im Schatten der Vulkanberge. Trotzdem ist es sehr heiß hier. Ich will weiter in den Ort hineinlaufen, aber Gina lässt sich auf einer Bank an der palmenbestandenen Hauptstraße nieder und wartet auf den Bus nach Santa Marina Salina. Sie sagt, sie müsse am Nachmittag eine Tauchergruppe begleiten.

»Du tauchst?«, wundere ich mich. »Professionell?« Gestern abend hat sie mir noch erzählt, dass sie auf Jobsuche sei.

»Klar. Aber ich gehe nicht mit runter. Ich kümmere mich nur um die Ausrüstung, kontrolliere die Flaschen. Was eben so anfällt in einer Tauchschule.«

»Da würde ich gern mal mitkommen.«

»Die Tour ist fest gebucht. Da kann ich nicht noch jemanden anschleppen.« Sie bemerkt meine Enttäuschung und fügt hinzu: »Wenn du willst, fahren wir morgen allein raus. Ich seh zu, dass ich das Boot kriege.« Sie mustert mich. »Kannst du überhaupt tauchen?«

Ich strecke meinen Rücken, fühle mich lächerlich untrainiert im Vergleich zu ihr. »Ich hatte nie Gelegenheit«, gebe ich zu.

»Dann schnorcheln wir. Macht sowieso mehr Spaß als mit Flaschen.«

Außer uns sitzt nur eine alte Matrone in dem Bus nach Marina. Gina bleibt im Mittelgang stehen und grüßt sie. Auf Salina leben etwa zweitausend Menschen, im Sommer sind es etwas mehr. Die meisten kennen sich, was ich mir nicht gerade angenehm vorstelle, wenn einen die Familie verstoßen hat.

Die Frau wirft Gina einen erstaunten Blick zu. Sie will etwas erwidern. Dann wird sie auf mich aufmerksam, überlegt. Gina legt mir demonstrativ einen Arm um die Schultern und drückt mir einen Kuss auf die Wange. Die Alte dreht sich weg. Gina dirigiert mich zu einem Fensterplatz. Zufrieden lehnt sie sich zurück.

Die Fahrt nach Marina ist spektakulär. Zur Linken fällt die Küste steil ab. Rechts klettern terrassierte Hänge das Bergmassiv empor. Malvasia-Trauben werden dort angebaut, das Haupterzeugnis der Insel. Die Winzer, erklärt mir Gina, breiten die Trauben vor dem Keltern zum Trocknen aus. Die Sonne verleiht dem Wein seine Schwere und Süße.

Ihre Familie lebt vom Weinbau, sagt sie. »Es ist immer das Gleiche. Die Reben wachsen. Sie schneiden sie zurück. Sie wachsen weiter und tragen Früchte. Sie ernten und verarbeiten sie. Am Ende müssen sie nur noch darauf warten, dass es Wein wird. Das ist nichts für mich.«

»Verlass doch die Insel!«

»Warum sollte ich?«, entgegnet sie verblüfft.

»Na ja, diese Anfeindungen.« Ich deute auf den Haarknoten der alten Frau.

»Ich bin hier geboren. Es gefällt mir hier. Also bleibe ich.«

So ganz kaufe ich ihr das nicht ab. »Möchtest du nichts von der Welt sehen?«

Sie verzieht das Gesicht. »Meinst du, ich komm nicht raus? Ich war schon in Neapel! Und in Florida bei meinem Onkel Stefano.«

»Schon gut. Ich frag mich nur, was dich auf Salina hält.«

»Es ist doch so, dass ich gar nicht weg muss, um Leute wie dich zu treffen. Ihr kommt doch von allein her.«

»Ich könnte auch auf Sardinien Urlaub machen.«

»Tust du aber nicht.«

»Willst du alles dem Zufall überlassen? Keine eigenen Entscheidungen treffen?«

»Ich nehme alles, wie's kommt. Dann kann ich mich immer noch entscheiden. Vorhin habe ich zum Beispiel entschieden, mit dir tauchen zu gehen.«

Der Bus legt sich in eine Kurve. Ich kippe auf Gina. Sie schiebt mich behutsam weg, fasst mich ein wenig länger an als nötig. Die Straße windet sich in Serpentinen nach Marina hinunter.

»Wahrscheinlich hast du recht«, sage ich. »Weißt du, mir kommt das seltsam vor, einfach an einem Ort zu bleiben und auf das Leben zu warten.«

»Verstehe ich nicht.«

»Ich musste erst nach Salina kommen, um etwas vom Leben zu kriegen. Um den Fossa delle Felci zu besteigen. Um dich kennenzulernen. Von selbst wäre das nicht passiert.«

»Du denkst zu viel«, erwidert sie und schaut aus dem Fenster. Das Gespräch ist beendet.

Wir steigen am Hafen aus. Am Lungo Mare hat ein Café offen. Wir trinken Limonade und essen Tramezzini. Dann verabschieden wir uns. Gina sagt, dass nach der Tauchtour im Centro Nautico eine Party steigen würde. Da müsse sie dabei sein, schon allein wegen der Trinkgelder. Wir könnten uns erst morgen wiedersehen.

Ich nicke lahm, öffne meinen Rucksack und gebe ihr ihren Schlafsack zurück. »Schade.«

Sie berührt mich am Arm. »Früh um acht hole ich dich ab.« Im Davonschlendern pfeift sie *La descrizione di un attimo*. Ich muss mir das Lied unbedingt besorgen.

Auf dem Weg zu meiner Pension merke ich, wie müde ich bin. Die Nacht auf dem Gipfel des Fossa war kurz. Wir haben beobachtet, wie die Lichter der Inseln allmählich erloschen. Wir registrierten ihr Verschwinden wie Astronomen, die den Sternenhimmel kartographieren, mit dem Unterschied, dass Sterne nicht von einem Moment auf den anderen untergehen. Zu jedem erloschenen Lichtpunkt dachten wir uns eine Geschichte aus, so lange, bis wir eine kleine Welt aus Schlafenden, Träumenden, Liebenden beieinander hatten. Gina war besonders gut darin. Erfand sie das alles, frage ich mich jetzt, oder spann sie die Wirklichkeit einfach weiter? Als kaum mehr Lichter übrig waren, hofften wir, eine Entladung des Stromboli zu sehen. Vergebens.

In meinem Zimmer lasse ich mich aufs Bett sinken und dämmere sofort weg. Im Traum entführe ich Gina aus Salina. Wir reisen nach Lanzarote und zu den Kapverden, über Trinidad und Jamaika nach Tahiti, von einer Insel zur nächsten. Wir haben jede Menge Spaß, doch Gina wird schwächer. Je weiter wir uns von Salina entfernen, desto ernster steht es um sie. Als sie sich am Pazifik kaum mehr auf den Beinen halten kann, wache ich auf.

Ich fühle mich ausgedörrt. Neben dem Bett steht eine Wasserflasche. Die Pensionswirtin, Frau Varsallona, muss sie dorthin gestellt haben. Ich trinke. Darf meinen

Körper nicht vernachlässigen. Wenn ich mit Gina zusammen bin, muss ich im Vollbesitz meiner Kräfte sein.

Am Abend mache ich ein paar Einkäufe in einem Supermercato. Wasser, Cola, zwei Dosen Thunfisch, Pfirsiche und Bananen. Ich gehe am Pier entlang und halte Ausschau nach einem Boot des Centro Nautico. Doch im Hafen ist keines zu sehen, zumindest trägt keines eine entsprechende Aufschrift. Ich weiß gar nicht, wo sich die Tauchschule befindet, vielleicht liegt sie ein wenig außerhalb der Ortschaft. Ziellos durchstreife ich Marina und warte, dass die Zeit vergeht.

In der Trattoria *La Seppia* esse ich schwarze Spaghetti. Sie sind mit Tintenfisch-Tinte eingefärbt, schmecken aber kaum nach Fisch. Danach bestelle ich ein Glas Malvasia. Bei jedem Schluck denke ich an Gina. Wie sie geht, springt. Atem schöpft. Ihre Chucks auszieht, um einen kleinen Stein zu entfernen. Der Wein steigt mir zu Kopf.

Zurück in der Pension, nehme ich eine Schlaftablette. Diesmal träume ich nicht.

Ungeduldig sitze ich an dem kleinen Tisch neben der Rezeption. Es ist kurz vor acht, ich bin bereit. In der Plastiktüte zwischen meinen Füßen sind die Einkäufe von gestern.

Frau Varsallona bringt mir einen Espresso und fragt, was ich heute vorhabe. Ich sage, dass ich Schnorcheln gehe. Sie tut überrascht, erwidert aber nichts. Ich erzähle, dass ich die vorige Nacht auf dem Fossa delle Felci verbracht habe. Sie nickt, erfreut, dass ich sie über mein Fernbleiben aufgeklärt habe. Dann macht sie eine Bemerkung über den Ausblick. Bestimmt sei er unbezahlbar. Sie selber sei nie da oben gewesen, aber alle sagten, dass es sich lohne. Ich pflichte ihr bei.

Gina trifft kurz nach acht ein. Sie wirkt aufgekratzt, unternehmungslustig. Frau Varsallona begrüßt sie wie eine Verwandte, umarmt sie, küsst sie auf beide Wangen.

»Alles klar?« Gina hat das gleiche T-Shirt wie gestern an. Statt der Jeans hat sie sich ein türkisfarbenes Tuch um die Hüfte geschlungen, ihre Füße stecken in Flip-Flops. Auf dem Kopf trägt sie eine Kappe mit dem Aufdruck des Centro Nautico: ein Delfin, der vor einem Vulkan aus dem Wasser springt.

»Gehen wir«, antworte ich.

»Sie haben mir nicht erzählt, dass Sie mit unserer Gina unterwegs sind«, mischt sich Frau Varsallona ein. »Da haben Sie sich die Beste rausgesucht. Geben Sie gut auf sie acht!«

»*Ich* gebe auf *ihn* acht«, berichtigt Gina sie.

»Dann kann euch beiden ja nichts passieren.«

Wir gehen zum Hafen hinunter.

»Nette Frau«, sage ich. »Sie kann dich gut leiden.«

»Ich hab mal für sie gearbeitet.«

»Wie war die Tour gestern?«, frage ich.

»Leute aus dem Norden, Turin, Mailand. Das Standardprogramm.«

»Und? Hast du das Boot gekriegt?«

»Klar. Kostet dich einen Hunderter.«

Ich stutze, dann hole ich meinen Geldbeutel hervor. Sie lacht und winkt ab. »Vergiss es. War nur ein Scherz.«

»Aber du bekommst das Boot doch sicher nicht für umsonst.«

»Steck das Geld weg!«

Es gelingt ihr wieder, dass ich mir unbeholfen vorkomme. Ich zeige ihr den Inhalt meiner Plastiktüte.

»Gut!«, lobt sie mich. »Hab gar nicht dran gedacht, Proviant zu besorgen.«

Wir kaufen noch Brot im Supermercato und gehen an den Pier. Das Boot ist nur ein paar Meter lang, besteht aus weißem Kunststoff und wird von einem Außenbordmotor angetrieben. Es ist ganz leicht und schaukelt in der Dünung. Auf der Bordwand sind Stahlrelinge angebracht.

Es ist ein dunstiger Tag, nicht so klar wie gestern.

Ich bin froh, dass ich meine Sneakers angezogen habe. Dadurch finde ich ein wenig Halt in dem wackeligen Ding. Auf dem Boden liegen mehrere Paar Flossen, Tauchmasken, Steine in verschiedenen Größen, ein kleiner Metallanker und eine Boje, an der ein schweres Tau befestigt ist. Gina macht die Halteleine los und nimmt mit sicheren Schritten im Heck Platz. Dann startet sie den Motor. »Festhalten!«.

Es geht Richtung Süden. Morgens aufs Meer hinauszufahren ist wie ein Versprechen. Nichts kann sich uns entgegenstellen, alles ist möglich an so einem Tag, blau und groß erstreckt er sich vor uns.

Gina legt ihr Wickeltuch ab. Darunter trägt sie ein knappes Bikinihöschen. Sie legt sich quer über die Heckbank, eine Hand am Griff des röhrenden Motors. Ihr hochgerutschtes T-Shirt entblößt einen flachen Bauch, auf dem ein paar Spritzwassertropfen silbrig schimmern wie Fischschuppen. Sie gibt sich dem Fahrtwind hin. Ich lehne mich gegen die Bordwand und lasse einen Arm durchs Wasser strudeln.

Wir passieren das Örtchen Lingua, kurz darauf den Laghetto, einen Salinensee, an dem Gina mit dem Engländer zusammengelebt hat. Warum nur? Unzählige Vögel bevölkern das Ufer, sogar Flamingos. Wir umrunden die Landspitze, auf der ein kleiner Leuchtturm steht, und halten nach Westen.

»Wohin bringst du uns?«, rufe ich laut, um das Geräusch des Motors zu übertönen.

»Nach Pollara, auf der anderen Seite der Insel. Das Meer dort ist nicht sehr tief, höchstens zwanzig Meter. Jede Menge Felsen und Fische, Zackenbarsche, Barracudas.«

Wir folgen dem Küstenverlauf. Vom Meer aus wirken die Berge noch gewaltiger. Zwischen den Zwillingsgipfeln taucht Rinella auf, darüber Ginas Heimatdorf Leni. Wir fahren weiter, erreichen das westliche Ende der Insel und biegen nach Norden ab. Die Küste wird steiler, ragt nach kurzer Zeit fast senkrecht auf. Da die Sonne noch nicht bis hierher dringt, liegen die Wände im Zwielicht. Schatten so hoch wie der Himmel.

Schließlich gelangen wir in die Bucht von Pollara. Sie beschreibt einen weiten Halbkreis, öffnet sich zum Meer wie ein antikes Theater. Ein schmaler Streifen schwarzer Sandstrand säumt den Fuß der Steilwand.

Gina lenkt das Boot zu einem kleinen Vulkanschlot. Er ragt etwa dreihundert Meter vor der Küste aus dem Wasser. Sie stellt den Motor ab und bringt den Anker aus.

»Da wären wir«, sagt sie und deutet auf den Felsen: »Scoglio del Faraglione.«

Die abrupte Stille wirkt befremdlich auf mich. Ich richte mich auf, spüre, wie das Boot zur Ruhe kommt.

»Probier mal die Flossen.«

Ich lege meine Kleidung bis auf die Badehose ab und schlüpfe in ein Paar. Sie passen wie angegossen.

»Wofür hast du all die Sachen mitgenommen?« Ich deute auf die Steine und die Boje.

»Wart's ab.« Sie zieht Flip-Flops und T-Shirt aus. Als sie bemerkt, wie ich ihre festen kleinen Brüste anstarre, kichert sie.

Ich fühle mich ertappt und schaue schnell woandershin.

»Hey, alles gut.« Sie stemmt die Arme in die Hüfte, streckt sich und bleibt für ein paar Sekunden so stehen wie ein Model. »Na? Gefall ich dir?«

»Mir fehlen die Worte.«

»Alles zu seiner Zeit.« Sie spuckt in ihre Taucherbrille und bedeutet mir, das Gleiche zu tun, damit das Glas nicht beschlägt.

»Ziehst du keine Flossen an?«, frage ich.

»Brauch ich nicht. Bist du fertig?«

Ich nehme den Schnorchel in den Mund.

»Bleib in meiner Nähe«, weist sie mich an.

Ich nicke gehorsam. Sie reckt den Daumen nach oben und hechtet ins Wasser. Ich folge ihr mit einem tölpelhaften Schritt über das Außenbord, gerate aus dem Gleichgewicht.

Und bin im Meer.

Schwimmbewegungen, wildes Flossenschlagen. Nach und nach bekomme ich meinen Körper unter Kontrolle. Ich paddele ein Stück, beschleunige mit den Flossen, kriege ein Gefühl dafür, dass ich mich kaum anstrengen muss.

Gina ist neben mir. »Fertig mit Rumplantschen? Schauen wir uns den Scoglio an«, sagt sie und taucht.

Ich nehme den Schnorchel wieder in den Mund, hole tief Luft und folge ihr.

Aufsteigende Wasserblasen. Leere um mich herum. Dann eine algenbedeckte, steil abfallende Felswand. Ein Schwarm kleiner Fische. Sie fliehen vor einer gelb schillernden Makrele. Gina schwimmt ein paar Meter neben mir und deutet auf Muscheln, Seeigel, einen Tintenfisch in seinem Versteck. Ich habe eine bunte Farbenpracht erwartet, aber alles ist in Grün und Blau getaucht. Nur an einigen Stellen sind die Ablagerungen auf dem Gestein rötlich, wie Rost. Langsam gelingt es mir, die Entfernungen unter Wasser abzuschätzen, die verlangsamten Bewegungen.

Gina gleitet durch die Unterwasserwelt, selbst ohne Flossen schneller und viel gewandter als ich. Ihre Koordination ist perfekt. Sie scheint jeden Felsvorsprung zu kennen, jedes Versteck. Zwischendurch tauchen wir auf, schöpfen Atem, um unseren Streifzug fortzusetzen. Irgendwann kann ich nicht mehr. Wir schwimmen zum Boot zurück.

Ich quäle mich über die Bordwand, ringe nach Luft, streife Taucherbrille und Flossen ab. »Wahnsinn!«

Gina bleibt im Wasser. »Anker lichten!«

Ich hole die Leine ein. Nach einer Weile hieve ich einen Klumpen aus Seegras und Algen über Bord. Sie greift nach einer Stahlreling und zieht das Boot ein Stück weit vom Scoglio weg. Dann ruft sie mir zu, dass ich wieder Anker werfen soll. Ich entferne den gröbsten Schmutz. Das krallenartige Ding verschwindet im Meer.

»Jetzt kannst du die Boje setzen!«

Ich lasse die Boje zusammen mit dem darangeknoteten Tau ins Wasser fallen. Gina taucht, kommt wieder nach oben.

»Genau ins Schwarze getroffen.«
»Wie?«, frage ich irritiert.
»Ich brauche einen Stein!«
»Wozu?«
»Ich lasse mich sinken. Mit einem Gewicht geht das besser.«
»Was ist denn da unten?«
»Eine Grotte. Kennt niemand außer mir.«
»Wirklich?«
Sie wirft ihre Taucherbrille samt Schnorchel ins Boot. »So was hast du noch nie gesehen! Da gibt es Korallen in allen erdenklichen Farben, Seeanemonen, Langusten, blinde Krebse! Wenn da das Licht reinfällt, glaubst du, du bist im Himmel.«
»Wie tief ist es hier?«
»Geht schon ein bisschen runter. Du kannst dich an dem Tau orientieren. Beim Auftauchen musst du alle paar Meter an den Druckausgleich denken. Halt die Nasenlöcher zu und versuche gleichzeitig auszuatmen.« Sie macht es blubbernd vor.
Vor einem knappen Jahr bin ich an einem Gummiseil von einer Staumauer gesprungen. Da habe ich mir nicht den Kopf darüber zerbrochen, ob ich es überlebe oder nicht. Damals war ich so allein, dass es mir egal war.
»Geh erst mal ohne mich runter«, schlage ich vor.
»Komm schon! Halt dich an mir fest, bis wir die Tiefe haben. Du kannst jederzeit loslassen.«
»Ich weiß nicht.«
Gina schwimmt hin und her ohne einen einzigen Spritzer. Als sie wieder zum Boot kommt, drückt sie mir etwas in die Hand. Ihr Bikinihöschen. »Begleite mich«, haucht

sie. »Danach machen wir eine Pause. Solange du willst …«
Sie stimmt das Lied an, *La descrizione di un attimo*.

Das Leben suchst du, suchst du. Manchmal liegt es unter dir, im klaren Wasser, zum Greifen nah wie der Meeresgrund vor Salina.

»Lass mich hier auf dich warten.« Der Versuch eines Lächelns. »Ich geh nicht weg, versprochen.« Ich stemme einen Stein auf die Bordwand.

Sie betrachtet mich eine Weile, verzieht keine Miene. Eine Welle schwappt über ihren Kopf. »Gib mir den großen.«

Ich tausche die Steine aus und wuchte den schwereren Brocken hoch. Das Boot neigt sich zur Seite. Ich bücke mich, um den Stein Gina zu reichen. Doch statt ihn zu packen, taucht sie kurz unter – und schießt senkrecht aus dem Wasser. Ihre Arme schlingen sich um meinen Hals. Kurz spüre ich ihre kalte Wange an meiner. Dann zieht sie mich nach unten.

Der Stein verschwindet im Meer. Salzwasser dringt in meinen Mund, ich schnappe hektisch nach Luft, stecke in einem Knäuel aus Gließmaßen, schlage um mich. Gina hält mich fest umklammert. Ich kann mich nicht von ihr befreien, merke, wie sich das Licht über uns entfernt. Wir sinken.

Das Wasser ist viel wärmer als an der ersten Stelle, wie in einem Thermalbad. Die ungewohnte Wärme lähmt meinen Willen, gaukelt mir vor, in Sicherheit zu sein.

Der Druck auf meine Ohren nimmt zu. Unwillkürlich öffne ich den Mund. Er läuft voll Wasser. Ich würge es heraus und schlucke es wieder runter, schlage um mich. Ich spüre, wie mein Fuß etwas Weiches, Nachgiebiges trifft. Ginas Hände lassen von mir ab. Ich sinke nicht mehr.

Meine Hände sind weit weg, aber noch zu gebrauchen. Ich reiße die Augen weit auf, entdecke das Tau. Ginas Gesicht schwebt heran. Ein Delfinlächeln, verächtlich. Ihr Mund formt Worte, ohne dass ihm Blasen entweichen. Ich greife nach dem Tau, kriege es zu fassen, schwimme mit letzter Kraft zu dem Licht. Nach oben.

Ich tauche auf und sauge panisch Luft ein. Zugleich muss ich husten. Ich versuche, so viel Atem wie möglich zu schöpfen. Das Boot ist ganz in der Nähe. Ich schwimme mit kurzen, hektischen Zügen darauf zu, klammere mich an eine Stahlreling, wälze mich hinein und bleibe erschöpft liegen. Der Kopf fühlt sich an, als habe ihn jemand in eine Schraubzwinge gepresst. Ich übergebe mich ins Wasser, sauge mit der Luft den sauren Schleim wieder ein. Huste. Atme.

Gina gleitet über die Bordwand, splitternackt, hält ihre Beine geschlossen. Meine Augen brennen, ich sehe nur Schemen. Sie beachtet mich nicht, startet im Liegen den Motor, fährt ein Stück. Holt die Boje ein, wirft sie ins Boot, trifft mich dabei an der Schulter. Ich nehme einen seltsamen Geruch wahr wie nach faulen Eiern.

Sie lässt den Motor aufheulen. Das Boot peitscht über das Wasser. Kurz darauf schrammt es über kieseligen Sand. Ich richte mich auf. Der Strand von Pollara.

Gina wirft meine Sachen an Land. Ich taumle wie ein Schiffbrüchiger. Mein Gesicht gräbt sich in den Boden. Sandkörner füllen meinen Mund. Ich spucke aus.

Es gelingt mir, mich umzudrehen.

Sie steht über mir. Ihre Haut glänzt, als sei sie ein Delfin. Die Innenseiten der bloßen Schenkel wirken fischbauchfarben, ihr Blick ist hart wie erstarrte Lava. Doch in ihren Augenwinkeln sammeln sich Tränen. Das kann kein Meerwasser sein.

»Warum bist du mir nicht gefolgt?«, presst sie hervor.

Sie hat einen Stein in der Hand, einen zum Totmachen, und hebt ihn über den Kopf. Erwartet meine Antwort.

»Wahrscheinlich denke ich zu viel.«

»An mich?«, will sie wissen.

»An uns«, sage ich und schließe die Augen.

Die Zeit dehnt sich. Die Brandung kommt herein und nimmt aus unerfindlichen Gründen zu. Das, was zwischen Gina und mir gewesen war oder hätte sein können, spült der Rückstrom der Wellen fort.

Ich höre das Geräusch des Außenbordmotors. Das Boot entfernt sich von der Küste. Gina hält auf den Scoglio zu. Sie schaut nicht zurück.

Mir tut alles weh. Mit Mühe schaffe ich den Aufstieg nach Pollara. In dem Dorf löse ich einen Fahrschein nach Marina. Der Fahrer gibt Gas, doch plötzlich habe ich das Gefühl, als triebe der Bus ab wie ein unvertäutes Schiff. Ich vergewissere mich, keine Halluzinationen zu haben.

Da ist es wieder. Eine Erschütterung. Sie pflanzt sich durch die Reifen und die Federung des Busses fort und bringt ihn zum Schwanken. Der Fahrer hält an. Er fordert alle Passagiere zum Aussteigen auf. Die Leute gehen auf die Piazza zurück, nehmen an den Tischen eines Straßencafés Platz, möglichst weit von den Häusern entfernt. Sie wirken, als seien sie mit der Situation vertraut – ein lästiger Aufschub, nichts weiter.

Ein paar Jungs machen sich darüber lustig, dass ich nur eine Badehose anhabe. Sie sehen mich nicht als einen der ihren an.

Ich spüre, dass etwas von mir dort unten geblieben ist, auf einem schwarzen Strand, an dem die Wellen lecken bis zum Ende der Zeiten. Die Unterwassergrotte werde ich niemals zu Gesicht bekommen. Falls es sie überhaupt gibt.

Das nächste Beben ist schwächer, woraufhin sich die Gesichter entspannen. In der nächsten halben Stunde tut sich nichts mehr. Schließlich steigt der Fahrer wieder in den Bus, gefolgt von den Fahrgästen, die sich angeregt über frühere Erdbeben unterhalten. Die Fahrt wird fortgesetzt.

Am Abend höre ich Radio. Das geophysische Institut von Palermo teilt mit, dass sich der Meeresboden bei den äolischen Inseln nach mehreren Erdstößen geöffnet habe. Dabei seien giftige Vulkangase ausgetreten, es bildeten sich gefährliche Strudel. Tausende von Fischen seien durch die kochend heißen Schwefelemissionen getötet worden. Ein größerer Vulkanausbruch im Meer stehe jedoch nicht zu befürchten. Die Experten versichern, dass es sich um ein bekanntes Naturschauspiel handelte.

Ich habe Gina nie wieder gesehen. Sie verschwand, vermutlich aufs Festland, dort verlieren sich Spuren viel schneller als auf Inseln. Auch Menschen, die ihr verbunden gewesen waren wie Frau Varsallona oder die Leute vom Centro Nautico, haben nichts mehr von ihr gehört. Ihre Familie stritt ab, sie überhaupt zu kennen.

Dieses Lied, *La descrizione di un attimo*, das höre ich immer wieder. Es will mir nicht aus dem Kopf.

Eifel, Arsch und Wolkenbruch

RALF KRAMP

Eine Verabredung anzunehmen, zu der man gar nicht eingeladen ist, birgt enorme Risiken. Am Ende kann es passieren, dass man völlig nackt dasteht, nur mit einem Rucksack voller Probleme, die einem auf den Schultern lasten.

Er lässt den Kopf hin- und hergehen und guckt zu den Wipfeln der Kiefern hinauf. Ja, klasse, hier ist es so gottverlassen, hier ist genau der richtige Platz. Er lässt den Wagen zurück und geht ein paar Meter in den Wald hinein. Das müsste irgendwie klappen. Ellen ist auf dem Rücksitz in sich zusammengesackt, und ihr Gesicht ist mit geschlossenen Augen gegen die Autoscheibe gepresst, so, als wäre sie eingeschlafen. Er braucht nur die Tür zu öffnen, und sie wird ihm entgegenfallen. Dann in den Wald schleifen. Zu der Stelle da hinten, vielleicht, da scheint die Erde schön locker zu sein.

»Hallihallöchen«, sagt da ein junger Mann mit Nickelbrille fröhlich und winkt. Neben ihm eine Frau.

Wo kommen diese beiden Gestalten plötzlich her? Das hier ist die Westeifel, kurz vor der belgischen Grenze, hier ist der Hund begraben. Oh, begraben, gutes Stichwort! Er schielt zum Auto zurück. Man kann kaum was erkennen. Gut so.

Der Große mit den lustigen roten Löckchen und der Nickelbrille tänzelt aufgeregt von einem Bein aufs andere und fummelt an den Schnallen seines Rucksacks herum. »Bist du's? Na, bist du's? Ich bin Gimli73, und das hier ist Pippilotta!« Er zeigt auf die ältere Dame neben sich. Eine gepflegte, grauhaarige Siebzigerin mit dünnen, aufgemalten Augenbrauen und einem irritierenden Silberblick. Sie streckt elegant die Hand aus und säuselt: »Schön, dass du kommen konntest, Leguan. Was für ein hübscher Name. Und was für ein hübscher Kerl! Wo ist Knallerbse? Konnte sie nicht mitkommen?«

Da mischt sich eine weitere Stimme in die Unterhaltung ein: »Knallerbse schläft im Auto.« Der bullige

Kerl, der jetzt zu ihnen stößt, ist ... eine Frau. Zuerst sieht man es nicht, weil die stoppelkurzen, knallblonden Haare und die maskuline Figur täuschen, aber aus der Nähe erkennt man es doch deutlich. Sie hat riesige Tunnels in den Ohrläppchen, durch die man Torwandschießen machen könnte.

Oh, Scheiße, jetzt wird es gefährlich. »Ich ...«, stammelt er. »Ich bin ...«

»Du bist Leguan«, strahlt das Mannweib und reicht ihm die grobe Hand, »und ich bin die SchnuteXXL.«

»Wir versuchen, nie mehr als fünf Leute zu sein«, erklärt Gimli73. »Sollen wir Knallerbse wecken gehen? Wir müssen los, solange das Wetter noch so schön ist. Lustiger Name übrigens, Knallerbse.« Gimli73 will schon kichernd zum Auto laufen.

»Halt!« Er fuchtelt mit den Händen. »Knallerbse ist total fertig. Hat kaum geschlafen, letzte Nacht.«

»Lassen wir sie schlafen«, gurrt Pippilotta und lächelt maliziös. »Wir wandern ohne sie. Was haltet ihr davon?«

Wandern?

Die Gedanken springen in seinem Kopf hin und her. Diese seltsamen Vögel sind offenbar mit jemandem verabredet, der mit ihnen wandern gehen will. Per Internet vermutlich. Eine Art *Blind Date*. Wandern ist gut. Hier ist absolut nichts los, keine Menschenseele unterwegs. Er muss sie nur von diesem Auto weglocken. Immerhin hat er ja sein Messer in der Hosentasche, und mit solchen wie denen kann er fertigwerden, wenn es ihm gelingt, einen nach dem anderen ins Gebüsch zu locken und abzumurksen. Ob er nun ein Loch für eine einzelne Leiche aushebt oder gleich für vier.

Okay, er ist jetzt also Leguan!

»Ja, gut«, sagt er. »Lassen wir ... äh ... äh ... Knallerbse schlafen. Sie ist echt total kaputt und ist dann auch nur gaaanz schwer auf die Beine zu bringen. Die bremst uns nur aus in ihrem Zustand.« Wie wahr.

»Musst du ihr nicht Bescheid sagen?«, fragt SchnuteXXL.

»Ach, nee. Die liegt jetzt Stunden so da rum!«

Gimli73 hüpft vergnügt voraus. »Hier geht's lang«, jubiliert er.

Pippilotta sagt in verschwörerischem Ton: »Gimli ist bei den Pfadfindern. Der bringt uns sicher durch den Eifelwald.«

Leguan spürt SchnuteXXLs bohrenden Blick in seinem Rücken. Die beiden Frauen sind ihm unheimlich.

»Hast du das schon oft gemacht?«, kommt es von hinten.

»Manchmal«, sagt Leguan vorsichtig. »Knallerbse und ich sind da nicht so erfahren. Manchmal drehen wir bei uns in Hillesheim eine Runde um den Block, aber sonst ...« Die drei um ihn herum beginnen albern zu kichern.

Das Laub knistert unter ihren Schritten. Die Morgenluft riecht leicht modrig, hier und dort fallen senkrechte Sonnenstrahlen durch das Blätterdach. Eigentlich ist es idyllisch, aber er kann an nichts anderes denken als daran, die drei loszuwerden und die Sache mit Ellen zu Ende zu bringen.

Gimli73 weiß offenbar genau, wo es langgeht. Er ist vorausgehüpft und hält jetzt auf einer kleinen Lichtung inne. »Juhuuu! Hiehieeer!« Sein Rucksack purzelt ins

Gras, und er beginnt, immer noch hüpfend, sein kariertes Hemd aufzuknöpfen. Pipilotta schnallt unterdessen ihren Gürtel auf, und hinter sich hört Leguan das Zippen eines Hosenreißverschlusses. Er wirbelt herum, starr vor Schreck. Die drei beginnen ungeniert damit, sich auszuziehen! Es geht systematisch und mit geübten Bewegungen vonstatten. Man kann erkennen, dass sie das nicht zum ersten Mal tun.

»Hach«, ruft SchnuteXXL befreit, während sie das T-Shirt über den Kopf zieht. »Das kann man nur hier in der Abgeschiedenheit der Eifel!«

SchnuteXXL trägt keinen BH, was auch kaum nötig wäre. Ihr Slip ist eigentlich nicht mehr als ein Stück knallroter Bindfaden. Das Drumherum ist prall und sieht sehr muskulös aus.

Bei Pippilotta ist obenrum alles üppiger ausgeprägt. Der Körper ist weiß wie Tafelkreide. Mit Sonne kommt er wahrscheinlich so gut wie nie in Kontakt. Warum dann ausgerechnet jetzt und hier?

»Los, mach schon, Leguan!«, jubelt Gimli73 und hüpft auf einem Bein, weil er versucht, sich die Socke vom linken Fuß zu ziehen. Leguan wird von einem namenlosen Grauen gepackt. Alles um ihn herum wackelt und schlackert.

Nacktwanderer!

Er hat davon gehört, dass es sie gibt. Überall dort, wo keine Menschen sind, ohne den kleinsten Fetzen Stoff am Leib.

Das geht nicht! Das kann er nicht! Er hat schon beim Schulsport Hemmungen gehabt, sich vor anderen auszuziehen! Am Pinkelbecken versiegt sofort der Urinstrahl, sobald einer neben ihm steht! Mit Ellen ging es immer nur im Dunkeln!

Er! Kann! Das! Nicht!

Da ist plötzlich etwas in SchnuteXXLs Blick. »Sag mal, hast du ein Problem, Leguan?«

»Ich?« Er versucht es möglichst unschuldig klingen zu lassen. »Ein Problem? I wo!«

»Er ist ein bisschen schüchtern, unser Leguan«, flötet die splitternackte Siebzigerin, die nun wieder in ihre Wanderstiefel steigt. »Aber vorhin hat er erzählt, dass er und Knallerbse ab und zu nackt durch Hillesheim stromern.« Sie lächelt ihn aufmunternd an. »Er ist ein heimlicher Draufgänger, unser kleiner Leguan, nicht wahr?« Ihre gemalten Augenbrauen tanzen in die Höhe.

Und jetzt? Wenn er jetzt nicht mitspielt, gibt es Ärger. Sie sind zu dritt.

»Wir hatten mal einen, der wollte uns verarschen«, sagt SchnuteXXL grimmig. »*Rocket Man*, wisst ihr noch? Der wollte heimlich Videos von uns drehen, die Sau!« Als sie die geballte Faust in die flache Hand schlägt, ahnt Leguan, wie diese Wanderung ausgegangen ist.

Unsicher beginnt Leguan, seine Hose zu öffnen. Gimli hopst unterdessen seelenfroh über die Lichtung und versucht, mit den Zehenspitzen seine ausgestreckten Hände zu erreichen. Ein bizarrer Anblick. Das ist Olympia 1936! Das ist Leni Riefenstahl in bunt! Leguan schüttelt sich vor Abscheu und streift seine Beinkleider nach unten. Dann zieht er das Sweatshirt aus ... das T-Shirt ... und als schließlich die Unterhose fällt, spürt er, wie der kühle Morgenwind alles zusammenschrumpfen lässt. Wohin soll er mit seinen Händen?

Freistoß-Sackhalter-Position? Pippilotta bemüht sich, es so aussehen zu lassen, als würde sie ihm nicht zwischen die Beine gucken. Es gelingt ihr nicht besonders gut.

»Sohooo, dann mal lohooos!«, tiriliert Gimli73, und seine Hand rafft plötzlich Leguans Klamotten vom Waldboden auf. Leguan will ihn daran hindern, aber Pippilottas Hand legt sich auf seinen Arm. »Lass ihn. Er trägt all unsere Sachen in seinem Rucksack! Das machen wir immer so.«

Aber das Messer! Er kann es unmöglich aus der Hand geben! Auf keinen Fall darf er ihnen seine Hose überlassen!

Die Fingerknöchel von SchnuteXXL knacken bedrohlich laut durch den Wald. Leguan lässt seine Kleider los und muss mit nsehen, wie Gimli73 sie säuberlich faltet und in den Rucksack schiebt.

»Warum ausgerechnet in seinen Rucksack?«, fragt er.

»Weil in meinem die leckeren Sachen fürs Picknick sind«, sagt Pippilotta und streicht sich eine silbergraue Locke aus der Stirn.

»Und in meinem das Sonnenöl, die Decke und das Toilettenpapier«, murmelt SchnuteXXL.

»Und du hast erst gar keinen dabei«, kichert Gimli73 und tollt aufgekratzt durchs Unterholz. »Können wir?«

Sie marschieren los. Das niedrige Gestrüpp streicht ihnen über die Unterschenkel, die mächtigen Farnwedel kitzeln sie an den Hüften. Schon nach wenigen Metern merkt Leguan, dass er völlig falsches Schuhwerk für diese Unternehmung trägt. Aber das ist jetzt noch sein kleinstes Problem.

Er versucht schamhaft einen leicht seitwärts gerichteten Gang, ein wenig von den anderen abgewandt. Aber der hyperaktive Pfadfinder Gimli73 titscht um sie herum wie ein junges Lämmchen. Ein Lämmchen mit großem, pendelndem Gemächt. So schnell kann Leguan sich gar nicht hin und her drehen.

Pippilotta hat die Daumen unter die Tragegurte ihres Rucksacks geklemmt, und ihre weißen Brüste schwingen im Takt ihrer Schritte, wie zwei große Glubschaugen mit großen, braunen Pupillen, die rechts und links des Wegs den Wald absuchen. Plötzlich hebt sie ihre Stimme und ruft: »Der Mai ist gekommen!«, und die beiden anderen stimmen auf ihr Kommando simultan in ein Wanderlied ein:

»Deher Mai ist gekommen, wir zieh'n die Hose aus, da bleibe, wer Lust hat, im Anorak zuhaus!«

Er denkt an zu Hause, und er denkt daran, dass er seine Kleidung nie wieder ausziehen wird, wenn das hier hinter ihm liegt. Zum Duschen nicht, nicht beim Arzt, und auch nicht in der Badeanstalt. Ihn wird nie wieder jemand nackt sehen!

»Soll ich gleich mal den Rucksack mit den Klamotten tragen?«, fragt Leguan listig. Aber Gimli73 winkt trällernd ab. »Nee, nee! Ist gar nicht schwer!« Er hüpft davon wie ein fleischfarbenes Känguru und drischt ausgelassen mit einem Zweig auf die Farnbüschel am Wegesrand ein.

Leguan knirscht mit den Zähnen. Er muss jetzt langsam etwas tun. Wen soll er als Erstes ausschalten? Sein Blick fällt durch ein Ohrläppchen von SchnuteXXL hindurch auf Gimli73. Der nervt ihn schon sehr, aber wenn der verschwindet, fällt es am ehesten auf. Überhaupt würde jeder einzelne Abgang bei der splitternackten Splittergruppe wahrscheinlich von den anderen gleich bemerkt. Es muss also schnell gehen. Bei der ersten Rast vielleicht. Oder dann, wenn jemand sich mit dem Toilettenpapier in die Büsche schlägt.

Wenigstens entfernen sie sich zügig von der Stelle, an der er sein Auto abgestellt hat. Diese Gefahr scheint schon mal gebannt.

Nach einer Wegkehre sehen sie sich plötzlich einem Eichhörnchen gegenüber, das auf dem Pfad sitzt und für einen Moment wie paralysiert innehält. Menschen ohne Fell hat es wahrscheinlich noch nie gesehen. Schließlich flitzt es einen Baum hoch und verschwindet im Blätterdach.

»Hier im Wald musst du auf deine Nüsse aufpassen«, prustet SchnuteXXL, die einen sehr rustikalen Humor zu haben scheint.

»Ich muss mal!«, ruft Gimli73. Schnute will ihren Rucksack absetzen, um das Toilettenpapier hervorzuholen, aber Gimli73 ist schon im Gesträuch verschwunden.

»Er ist so froh«, sagt Pippilotta sanft. »Hier im Wald darf er im Stehen.«

»Ich auch«, grunzt SchnuteXXL. Man darf sich das nicht vorstellen.

Als Pippilotta sich zu Leguan umwendet, schnurrt sie: »Hier im Wald darf man alles.«

Das reicht! Er muss jetzt was tun. Mit entschlossenem Schritt folgt Leguan dem Pfadfinder und sagt barsch: »Ich muss auch mal.«

Dank des Rucksacks wird es ihm leichtfallen, den pinkelnden Gimli73 umzustoßen. Dann holt er die Klamotten raus, und das Messer.

Zack einmal!

SchnuteXXL muss die Nächste sein. Wenn er erst das Messer hat, wird das kein Problem darstellen.

Zack, zweimal!

Und die Alte erledigt er im Handumdrehen.

Zack, dreimal!

Dann muss er nur noch den Weg zurück finden.

Als er auf Gimli73 zustapft, schüttelt dieser gerade ab, und in dem Moment, in dem er ausholt, um ihn umzustoßen, dreht sich der Pfadfinder um, grinst ihn breit an und zwinkert ihm durch die Gläser seiner Nickelbrille zu. »Oh Mann, wie peinlich, voll verlaufen!« Er zeigt geradeaus zwischen die Bäume. Das Auto.

»Wie? Was? Soll das heißen, wir sind im Kreis gelaufen?«

»Ja, lustig, oder?« Gimli73 schlägt sich amüsiert auf die nackten Schenkel. »He, Leute, wir sind wieder am Ausgangspunkt angekommen!«, ruft er, und augenblicklich sind die anderen bei ihnen.

»Sollen wir Knallerbse jetzt doch wecken gehen?«, schlägt SchnuteXXL vor, aber Leguan scheucht sie hastig weg. »Auf keinen Fall! Die kriegen wir erst gar nicht wach! Die schläft wie eine Tote!«

Sie machen kehrt und marschieren wieder in den Wald hinein.

Zur Motivation ruft Pippilotta nach zehn Minten: »Das Wandern ist des Müllers Lust!«, und alle legen schallend los:

103

»Das Wandern mit der nackten Brust,
da hat man jeden Tag drauf Lust,
das Wahandern!«

Sie wird die Erste sein, denkt Leguan. Möglicherweise beim Picknick. Vielleicht wollen die drei ein wenig ruhen, auf einer Lichtung ein bisschen sonnenbaden. Er könnte sie unter der Decke ersticken, dann wären es schon mal nur noch zwei. Und dann eins mit der Thermoskanne … Sicher haben sie eine Thermoskanne dabei. Oder ein Brotmesser.

Er betrachtet Pippilotta, die vor ihm her wandert. Ihr schwanenweißer Hintern hängt genau so faltig herab wie der Rucksack darüber. Ja, sie wird die Erste sein!

Eine Viertelstunde später traut er sich. »Ich bin das ja nicht so gewöhnt. Bei uns in Hillesheim, im Städtchen, da drehen wir immer nur so kurze Runden. Denkt ihr, wir könnten ein Päuschen machen?«

»Au jaaa! Bittebittebitte!«, jubelt Gimli73. »Picknick! Picknick! Es ist ja auch schon halb zehn! Wir essen ein Knoppers!«

Tatsächlich ist der Waldrand in Sichtweite. Die Sonne lässt das satte Grün einer Wiese aufleuchten.

Wenige Augenblicke später sind sie aus dem Schutz der Bäume herausgetreten, und SchnuteXXL hat eine große, karierte Decke herausgeholt und auf dem Boden ausgebreitet.

Pippilotta zaubert zahlreiche Leckereien aus ihrem Rucksack hervor: hart gekochte Eier, kleine Gürkchen, schrumpelige Hähnchenschenkel … Die drei hocken sich im Schneidersitz um die Fressalien. Dieser Anblick ist sehr verwirrend.

Gimli73 knabbert sein Knoppers, und danach sammelt ihm SchnuteXXL mit den fleischigen Lippen die Krümel vom Bauch. Es scheint sehr zu kitzeln, denn Gimli73 wälzt sich kreischend vor Lachen auf dem Boden. Leguan weiß gar nicht, wo er hingucken soll. Er versucht es mit den Wolken. Dahinten zieht was Dunkelgraues herauf.

Wie soll es jetzt weitergehen?

»Komm, setz dich zu mir«, haucht Pippilotta, und als er sie ansieht, klopft sie zu ihrer Linken mit der flachen Hand auf die Decke. Zögernd folgt er ihrer Einladung und greift sich einen Hähnchenschenkel. Sie beißt herzhaft in ein Gürkchen. Dann legt sie den Arm um ihn und sagt: »Ist es nicht herrlich, so ganz textilfrei? So sind wir nur, was wir sind. Harmlose, kleine Menschlein, die keinem Lebewesen etwas zuleide tun können.« Während sie seufzt, überlegt er, wann sie sich hinlegt und einschläft, damit er sie ersticken kann. Etwas piekt ihn hart in den Arm. Was ist das? Ihr Gürkchen? Nein, eine ihrer Brustwarzen.

Plötzlich braust es heran wie ein Tornado. Ein riesiger Trecker mit mannshohen Rädern. Der Lärm ist ohrenbetäubend. Gimli73 und SchnuteXXL raffen, so schnell sie können, die Sachen zusammen. Ihr Anblick in gebückter Haltung in Verbindung mit dem infernalischen Geknatter lässt Leguan an die Vorhölle denken. Es gelingt ihnen nicht, alles zu retten. Die Decke, die Rucksäcke … ihre Wanderschuhe muss SchnuteXXL zurücklassen.

Der Bauer brüllt: »Ihr Ferkel! Ihr Säue! Ihr perversen Schweinigel! Macht euren Schweinkram woanders!« Als er aus dem Führerhaus springt und eine Mistforke schwingt, straucheln sie bereits in den Schutz der Laubbäume.

Sie laufen und laufen und fallen hin und rappeln sich wieder auf.

Gimli73 weint. Eine gelbliche Rotzspur hängt ihm unter der Nase. »So ein fieses Arschgesicht!«, greint er. »Wir tun doch keinem was!«

Ich schon, denkt Leguan. Ich werde mir den nächstbesten Knüppel greifen, wenn du wieder hinfällst, du kleine Nacktschnecke, und dann stehst du nie mehr auf!

Und wie auf Bestellung stürzt die Heulsuse in diesem Moment auch schon wieder über eine Wurzel, und im Nu hat Leguan einen Ast in der Hand, da sieht er ...

... dass Pippilotta sehr weit vorne vor ihnen herläuft.

... dass Gimli73 sich flennend den Knöchel hält, an dem er sich offenbar verletzt hat.

... dass SchnuteXXL, die Gefährlichste, die, die er am meisten fürchten muss, keuchend innehält, sich nach vorne beugt und die Hände auf den Knien abstützt.

Schön ist der Anblick immer noch nicht. Aber er ist eine Einladung. Er schleicht sich, so gut es auf dem Waldboden geht, heran und klammert die Finger um das Holz.

Da rollt ein Donner durch die Luft und lässt das Laub über ihren Köpfen erzittern.

»Das Wetter schwingt um!«, ruft Pippilotta weiter vorne. Nicht nur das Wetter schwingt.

Und fast augenblicklich pladdern die ersten fetten Tropfen durch das Blätterdach. Der Lärm hüllt sie ein. Es klatscht auf das welke Laub am Boden, und es klatscht auf ihre nackte Haut.

Jetzt folgt ein Blitz.

»Abbruch!«, brüllt SchnuteXXL. »Anziehen! Abreise!«

Alle machen sich gleichzeitig über Gimli73s Rucksack her. Die Klamotten sind in dem Moment, in dem sie hervorgeholt werden, auch schon fast völlig durchnässt.

Gimli73 schluchzt, während er unbeholfen versucht sich anzuziehen, pausenlos: »Voll doof war das! So doof war das noch nie!«

Und Pippilotta, deren graue Haare strähnig an ihrem Kopf kleben, pflichtet ihm bei: »Das war nun wirklich kein Vergnügen! Kaum haben wir uns ausgezogen, müssen wir auch schon wieder in unsere Kleider!«

SchnuteXXL zieht sich das nasse T-Shirt über ihren mickrigen Busen und flucht derb: »So ein Scheiß! Da will man sich einmal richtig durchlüften, einmal ordentlich den Wind zwischen die Beine lassen, und dann ...«

Leguan hält es nicht länger aus. Jetzt ist ihm alles egal. Er ertastet das Messer in seiner Hosentasche, aber das, was er sucht, ist etwas ganz anderes: den Autoschlüssel. Er will weg von hier! Die Leiche muss er woanders verschwinden lassen! Diesen Bekloppten wird keiner glauben!

»Ihr seid doch krank!«, brüllt er. »Total gestört! Das ist doch das Allerletzte, was ihr hier macht! Das ist widernatürlich!« Und dann rennt er los. Er weiß, wie er zum Auto kommt. Da vorne ist die Lichtung, auf der sie sich ausgezogen haben!

»Aber Leguan!«, ruft ihm Pippilotta hinterher.

»Ich bin nicht Leguan!«, ruft er. »Und meine Frau ist nicht Knallerbse! Wir sind doch nicht bescheuert!«

Er taumelt durch das nasse Laub, der Regen wäscht ihm durchs Gesicht. Alles ist verschwommen. Als er das Auto sieht, hat er die Hand mit dem Autoschlüssel nach vorne gereckt.

Aber die Autotür steht weit auf. Der Körper seiner Frau hängt aus der Öffnung heraus.

Als er darauf zustolpert, sind da Hände, die nach ihm greifen. Es ist ein fester, unbarmherziger Griff. Zwei Männer schreien sich etwas zu. Er sieht Uniformen, er sieht ein Polizeifahrzeug, er hört ein Funkgerät durch den trommelnden Regen.

Und dann sind da plötzlich auch die drei Nacktwanderer. Sie stolpern keuchend in die Szenerie und starren mit weit offen stehenden Mündern auf die Leiche, und SchnuteXXL sagt mit zitternder Stimme: »Boah, guck mal, Pippilotta, die ist ja tot!«

»Pippilotta?«, fragt einer der beiden Polizisten. »Gimli73? Und SchnuteXXL?«

»Leguan?«, fragt Pippilotta ungläubig.

»Nein, er ist Leguan«, erklärt der Polizist und deutet auf seinen Kollegen. »Ich bin Knallerbse!«

Erstarrte Lava

JÜRGEN EHLERS

Was man als Gast in Island auf keinen Fall tun sollte: die Schuhe anlassen, wenn man das Heim eines Isländers betritt, über Walfang diskutieren, Wetterwarnungen missachten und vor allem: niemals die Polizei unterschätzen.

Er hätte nie nach Island fahren sollen. Jetzt stolperte er über die mit Schotter übersäte Sanderfläche in Richtung auf die Hütte. Links rauschte das kalte, klare Wasser der Jökulsa, und dahinter lag die Eiswüste des Vatnajökull. Krogmann sah sich um. Hinter ihm nichts als Öde. Das kleine grüne Zelt zwischen der Lava war von hier aus kaum auszumachen und das tote Mädchen schon gar nicht. Er bückte sich und schöpfte mit den Händen. Das eisige Wasser, das er sich über den Schädel goss, war wie ein Schock, aber es stoppte auch den Schmerz und ließ ihn für einen Augenblick klar denken.

Seine Chancen waren schlecht, kein Zweifel. Wenn der Kerl ihn erwischte, war er geliefert. Ein Wunder, dass er überhaupt noch lebte. Noch hatte er einen Vorsprung. Aber er musste sich beeilen. Die Hütte war das einzige Haus in hundert Kilometer Umkreis. Dort gab es ein Telefon. Vielleicht würde die Polizei rechtzeitig eintreffen, vielleicht ... Er tastete nach der schmerzenden Stelle. Der Stein hatte ihn knapp oberhalb der Stirn getroffen, und wenn der Schlag nur wenig härter ausgefallen wäre, läge er jetzt schon tot zwischen den Felsbrocken. Seine Haare waren verklebt. Er brauchte seine Finger nicht anzusehen, um zu wissen, dass das Blut war. Der Schmerz wurde wieder stärker. Er schöpfte noch einmal Wasser, dann lief er los.

»Wir fahren um 13 Uhr ab, und wir werden auf niemand warten!« Das war gestern gewesen, als sie hier am Kverkfjell angekommen waren, auf der Rückseite des Vatnajökull, des größten Gletschers auf Island. Warum hatte der Reiseleiter bei seiner Ermahnung gerade ihn angesehen? Das hatte seinen Trotz geweckt. Nur weil er sich einmal verspätet hatte? Das war vor drei Tagen gewesen, in Skaftafell, und er hatte sich dafür entschuldigt. Aber das hatte man davon, wenn man mit lauter pensionierten Lehrern und Apothekern auf Reisen ging – lauter Besserwisser! Er war mit Abstand der Jüngste in der Gruppe, und schon als sie sich am Flughafen in Frankfurt versammelt hatten, wusste er, dass seine Hoffnung auf einen netten Urlaubsflirt enttäuscht werden würde. Selbst die jüngste Teilnehmerin hätte seine Mutter sein können.

Gestern hatte er auf den Gletscher gewollt, also hatte er sich auf den Weg gemacht, allein. Zu Beginn seines einsamen Spaziergangs hatte er rasch gemerkt, dass der Weg viel weiter war, als er das gedacht hatte.

Er war der einzige Wanderer in dem unebenen Gelände. Der Weg erschien ihm endlos. Gott sei Dank wanderte er ohne Rucksack und unnötigen Ballast. Einen Stock hätte er mitnehmen sollen. Doch so anstrengend es auch war, die weite Strecke lohnte sich. Der Gletscher war wirklich spektakulär. Die Zeit verging rasch, so atemberaubend waren die Ausblicke, die sich ihm boten, und erst als er Hunger bekam, ahnte er, dass der Mittag längst vorbei war.

Dennoch war er überrascht gewesen, als er zurückkam und der Bus nirgendwo mehr zu sehen war. Nur sein Gepäck stand noch da. Den Koffer und die Reisetasche hatten sie kurzerhand ausgeladen.

Die Hütte wurde von drei jungen Isländerinnen bewirtschaftet. Sie waren den ganzen Sommer über draußen, von Anfang Juni bis Ende August, wenn der erste Schnee kam. Sie kamen nicht aus der Gegend, sondern aus Reykjavik. Studentinnen. Nein, nicht hier in Island! Sie lachten über seine Frage. Die eine studierte in Madrid – Linguistik. Die anderen beiden wollten in England studieren, waren aber über die Voranmeldung noch nicht hinausgekommen. Nein, langweilig sei es nicht hier draußen; hier sei immer etwas los. »Heute abend kommt eine Gruppe Franzosen«, hatte Inga gesagt. »Bestimmt haben die noch Platz im Bus und können dich ein Stück weit mitnehmen.« Nicht, dass er es besonders eilig gehabt hätte. Inga war ein lustiges, blondes Mädchen, vielleicht zwanzig oder zweiundzwanzig. Vielleicht war es ein Wink des Schicksals gewesen, dass er zurückgeblieben war. Vielleicht? Bestimmt! Er hätte gern mit ihr geschlafen.

Am Abend waren dann die Franzosen gekommen und hatten die Hütte mit Lärm und Gesang gefüllt. Wie sie all den Rotwein durch den Zoll bekommen hatten, mochten die Götter wissen. Es herrschte eine ausgelassene Stimmung. Krogmann konnte kein Französisch und kam sich noch überflüssiger vor als die letzten Tage im Reisebus. Inga, ›seine‹ Inga, tanzte eng umschlungen mit einem jungen Franzosen. Krogmann trank mehr, als ihm guttat, viel mehr. Als er schließlich aus der Hütte trat, um ein bisschen frische Luft zu schnappen, war es schon hell. Die meisten Franzosen schnarchten längst in ihren Zelten. Inga war auch verschwunden; wahrscheinlich mit ihrem jungen Franzosen.

Er hätte sich auch schlafen legen sollen. Die Mädchen hatten ihm eine Matratze auf dem Boden zugewiesen.

Aber er war nicht mehr müde. Draußen war es schon hell. Er beschloss, ein Stück weit zu gehen. Nicht auf den Gletscher wie gestern, sondern geradeaus über die Sanderfläche, das war einfacher. Und so war er in diese Geschichte hineingestolpert.

Nach den ersten Schritten in die Einöde hatte er sich vollkommen allein gefühlt, von allen Menschen verlassen. Die Stille bedrückte ihn. Sie war anders als die Stille daheim; nicht unterbrochen vom sanften Rauschen windbewegter Bäume, sondern kälter, feindlicher. Kein Leben war sichtbar, keine Pflanze, kein Insekt, und die Landschaft schien zu sagen: Was immer du willst, hier nicht. Kehr um.

Als er sich gerade auf den Rückweg machen wollte, hatte er das Zelt entdeckt. Ein dunkelgrüner Fleck mitten in der Lava, vielleicht fünfzig oder hundert Meter entfernt. Ein schlechter Zeltplatz, hatte er gedacht. Er war neugierig gewesen, wer sich hier in der Einöde niedergelassen hatte, und war über scharfkantig erstarrtes Gestein hingeklettert.

Der Zeltplatz war nicht so schlecht, wie es den Anschein hatte. Die Lava fließt so, wie es das Gefälle des Untergrundes vorschreibt, und höher liegendes Terrain wird als Insel umflossen. So war hier inmitten der gut zwei Meter mächtigen Lava eine kleine Fläche stehengeblieben, auf der der Sand des Untergrundes herausschaute – vielleicht eine alte Düne. Dieser Fleck reichte gerade aus, um das Zelt zu tragen. Der Anmarsch war etwas mühsam, aber der Vorteil dieses Platzes lag auf der Hand: Windschutz. Wer einen Staubsturm auf Island erlebt hatte, wusste ein ruhiges Fleckchen zu schätzen. Der Zelteingang war geschlossen. Weit und breit niemand zu sehen. Warum war er nicht umgekehrt?

Die waren zu zweit gewesen in dem Zelt, so viel wusste er jetzt. Dieser Lück und das Mädchen. Irgendein Forschungsvorhaben wahrscheinlich; Wochen zu zweit in der Einsamkeit. Da konnte manches geschehen. – Und jetzt war etwas geschehen. Und er, Narr der er war, steckte mittendrin.

Natürlich hätte er sich draußen zwischen den Felsen verstecken können. Schon hundert Meter von der Hütte entfernt wäre er vor jedem Verfolger sicher gewesen – aber nur für wenige Stunden. Bis der Hunger kam. Dieser Kerl, der Lück, brauchte nur auf ihn zu warten. Nein, er musste der Gefahr ins Auge sehen. Er musste die Polizei herbekommen, und zwar so rasch wie möglich. Es gab nur einen Ausweg: Der Lück musste verhaftet werden.

Endlich die Hütte! Als er die Tür aufstieß, saßen sie gerade beim Frühstück. Recht verkatert sahen sie aus. Die große Blonde, die gestern am meisten gelacht hatte, rührte stumm in ihrem Kaffee. Die Busfahrer, die kräftig mitgefeiert hatten, wirkten noch blasser und ungesunder vorher. Sie hoben kaum den Kopf, als er zum Tisch der Mädchen wankte und völlig außer Atem berichtete, was passiert sei. Die Mädchen beeindruckte das wenig.

»You are drunk«, sagte die Blonde mit Überzeugung.

»Dein Kopf sieht nicht gut aus«, sagte die Dunkelhaarige. »Ich werde dir einen Verband machen. Das kommt davon, wenn man im Suff in den Felsen herumspaziert, anstatt sich ins Bett zu legen und den Rausch auszuschlafen.«

»Ich bin niedergeschlagen worden«, wiederholte er. »Und ein Mädchen ist ermordet worden. Drüben, in der Lava, bei dem grünen Zelt. – Mein Gott, jeden Moment kann der Kerl hier sein und mir den Rest geben.« Er warf einen gehetzten Blick aus dem Fenster.

Inga sah ihn an. »Er meint es ernst«, sagte sie. »Also gut, Karl, ich werde jetzt die Polizei anrufen. Ich hoffe nur für dich, dass es wirklich so ist, wie du sagst, denn sonst kommst du in Schwierigkeiten. Die Polizei kommt nicht gern umsonst!«

Kein Wunder bei den Entfernungen! Krogmann wusste nicht, wo der nächste Polizeiposten war, ob in Egilstadir oder am Myvatn, aber auf jeden Fall an die hundert Kilometer oder mehr entfernt, und das hieß in der Lava-Wüste vier bis fünf Autostunden – qualvoll lange Stunden. Der Anruf lief über Funk; dann sprachen die Mädchen leise auf Isländisch miteinander.

»They will come«, sagte die eine schließlich. »Immediately. – Would you like some tea?«

Ja, wollte er. Die Franzosen brachen auf. Er beobachtete, wie sie ihre Zelte verpackten und in den Bus stiegen. Er wünschte sich einen Moment lang, er könnte sich ihnen einfach anschließen und davonfahren, als sei nichts geschehen. Warum hatte er seine Geschichte überhaupt erzählt? – Aber er wusste, dass das Unsinn war. Der Kopf schmerzte.

Er starrte aus dem Fenster. Von seinem Platz aus konnte er nur einen Teil der Sanderfläche übersehen. Irgendwann musste sein Verfolger doch auftauchen! Wenn er sich im Bogen an die Hütte heranschlich, würde er ihn erst sehen, wenn er die Tür aufriss. Sicher, Krogmann war nicht allein, aber die Mädchen würden ihn kaum schützen können. Inga saß mit ihm am Tisch und beobachtete ihn besorgt. Die beiden anderen machten sich wahrscheinlich in der Küche zu schaffen; von dort tönte leise Radiomusik.

Nichts geschah. Krogmann spürte, wie die Müdigkeit in ihm immer stärker wurde. Nur wenn er sich nicht bewegte, war der Schmerz erträglich. In der Hütte war es behaglich warm. Die Mädchen sprachen nicht; Inga las in einer Zeitschrift. Krogmann hatte Mühe, nicht einzuschlafen.

Auf einmal wurde die Tür zur Hütte aufgestoßen. Er schrak hoch. Lück, dachte er. Aber es war nicht Lück, sondern ein Kommissar Björnsson. Das dunkelhaarige Mädchen brachte ihn herein. Zwischen der Hütte und dem Gletscher gab es einen schmalen Streifen, auf dem die Steine fortgeräumt worden waren, sodass leichte Flugzeuge landen konnten – zur Bergung von Unfallopfern zum Beispiel. Der Kommissar war auf diesem Wege gekommen. Jetzt schien er viel Zeit zu haben. Er ließ sich von den Mädchen einen Becher Tee bringen, nahm einen vorsichtigen Schluck, streckte sich in seinem Sessel und sah sein Gegenüber prüfend an. Der hatte Mühe, seine Hände ruhig zu halten.

»Nervös?« Der Kommissar sprach Deutsch.

Krogmann nickte. »Es kommt schließlich nicht alle Tage vor, dass man ...«

»Nein. Beginnen wir mit Ihren persönlichen Daten. Sie heißen?«

»Karl Krogmann, geboren am 22.11.1961 in Frankfurt, Beruf: Tiefbauingenieur, verheiratet ...«

»Ihre Frau wollte nicht mitkommen auf diese Reise?«

»Nein. Ich – wir haben uns getrennt.« Das war der Anlass zu dieser Reise gewesen.

»Sie sind doch mit einer Reisegruppe unterwegs gewesen. Wie kommt es, dass Sie hier allein am Kverkfjell zurückgeblieben sind?«

Er erzählte, was geschehen war. Der Kommissar sah ihn forschend an. »Einen Streit hatte es wohl nicht gegeben?«, fragte er beiläufig.

Krogmann schüttelte den Kopf.

»Keine Auseinandersetzung mit einem Dr. Arnsberg?«

Krogmann lächelte müde. Das war ein schlechter Anfang. Der Kommissar musste über Funk mit dem Busfahrer gesprochen haben. Krogmann bestätigte, dass es in Skaftafell eine Auseinandersetzung gegeben habe, weil Frau Arnsberg mit ihm zusammen einen Spaziergang gemacht habe und weil sie zu spät zum Bus zurückgekommen seien. Eine lächerliche Eifersüchtelei des alten Apothekers. Als ob er im Traum daran gedacht hätte, diese alte Schachtel zu vögeln. Er schilderte die Szene so knapp wie möglich. Der Kommissar nickte.

»Erzählen Sie von heute. Sie haben also heute früh allein die Hütte verlassen, sind über die Sanderfläche marschiert, und was geschah dann?«

Ja, wie war das gewesen? – »Die Tote lag etwa auf halbem Wege zwischen dem Zelt und dem Rand der Lava,« sagte er. Er sah den Kommissar an. »Ein blondes Mädchen mit langen Haaren, vielleicht 25 Jahre alt. Ich wusste sofort, dass das kein Unfall war. Vergewaltigt und erwürgt, würde ich sagen.«

»Hatten Sie keine Angst?«, fragte sein Gegenüber.

»Nein. – Wenn sie erschossen worden wäre, dann hätte ich Angst haben müssen. Aber so – es ist nicht so einfach, mich zu erwürgen.« Der Kommissar musterte ihn. Ein sportlicher Typ, dachte er, fast einen Meter neunzig groß, und es schien in der Tat nicht ratsam, sich mit ihm anzulegen.

Im Bewusstsein seiner Stärke hatte sich Krogmann zunächst einmal in aller Ruhe umgesehen. Aber da regte sich nichts; kein Lavabrocken knirschte unter dem Tritt eines unachtsam gesetzten Fußes. Vorsicht war angebracht. »Sie war noch nicht lange tot, das war klar. Wenige Stunden höchstens; vielleicht ist es sogar erst geschehen, nachdem ich das Camp verlassen hatte. – Sie trug keine Papiere bei sich, aber im Zelt fand ich ihren Rucksack mit ihrem Pass. Simone Blasch aus Bochum, Studentin an der Ruhr-Universität. In dem anderen Rucksack ...«

»Sie haben in aller Ruhe das Zelt durchsucht, während draußen in vielleicht nur geringer Entfernung ein Mörder lauerte?«

»Sie haben recht, ich war leichtsinnig. Ich wusste natürlich nicht, dass ich beobachtet wurde. Obwohl ich es mir hätte denken können. – Er muss mich schon lange gesehen haben, bevor ich die Lava erreichte. Ich habe keine Ahnung, wo er gehockt hat. Aber er hatte ein Fernglas, das steht fest. Wahrscheinlich war er Hunderte von Metern entfernt. – In dem Zelt lagen eine Menge Karten und Luftbilder mit allen möglichen Eintragungen herum; es war klar, dass die beiden den Sander untersucht hatten. Eine Art Tagebuch enthielt Eintragungen über Wasserstandsmessungen, Niederschlagssummen und Sonnenscheindauer – und den Namen des anderen: Professor Lück.

»Plötzlich gab es ein Geräusch, wie wenn ein Stein auf einen anderen schlägt. Ich fuhr hoch. Nichts zu sehen. Das nächste, was ich spürte, war eine Bewegung dicht hinter mir. Noch bevor ich reagieren konnte, bekam ich einen Schlag auf den Kopf, als ob mir der Schädel zerschmettert würde. – Ich bin vielleicht nur wenige Minuten bewusstlos gewesen, vielleicht auch eine halbe Stunde. Ich weiß es nicht. Als ich wieder zu mir kam, brauchte ich erst ein paar Minuten, um mich zu erinnern, was geschehen war. Ich sprang auf – das hätte ich besser nicht tun sollen. Ein stechender Kopfschmerz ließ mich sofort wieder zu Boden gehen. Ich wischte mir ganz vorsichtig mit der Hand über den Kopf. Da war etwas Blut, aber das schien nicht so schlimm zu sein. Ich hatte Glück gehabt; der Schlag hätte mich töten können. – Ich sah mich vorsichtig um. Niemand war zu sehen. Da bin ich losgerannt, zurück zur Hütte. – Mir war klar, dass ich in großer Gefahr war und dass ich sofort die Polizei holen musste.«

Er sah den Kommissar an. Der überlegte einen Moment, dann fragte er: »Wie viel Zeit ist seitdem vergangen?«

Merkwürdige Frage. Er sah auf die Uhr. »Ungefähr drei Stunden.«

»Erstaunlich.«

»Wieso?«

»Da erwürgt irgendein Wahnsinniger ein junges Mädchen, versucht wenig später, einen zufällig hinzukommenden Zeugen zu erschlagen – und lässt ihn dann entkommen. Und er hat Sie, wie Sie sagen, weder direkt verfolgt noch später hier in der Hütte gesucht.«

»Er hat vielleicht nicht gleich bemerkt, dass ich geflohen bin!«

»Auf der offenen Sanderfläche? – Wenn es so war, wie Sie berichtet haben, hätte er reichlich Gelegenheit gehabt, Ihre Flucht zu vereiteln und Sie einzuholen. – Wenn es so war!«

»Ich bin gelaufen, so schnell ich konnte. Es ging schließlich um mein Leben!«

Pause. – Er glaubt mir nicht, dachte Krogmann. Mein Gott, er glaubt mir nicht. Der Kopf schmerzte. Draußen startete das Flugzeug. Sicher wurde es noch anderswo gebraucht. Das hieß, sie würden hier noch eine Weile festsitzen.

Die Tür wurde geöffnet. Krogmann fuhr herum. Es war das dritte Mädchen, das nicht im Zimmer gewesen war, zusammen mit einem Mann. Lück? Nein, offenbar ein weiterer Polizist.

»Entschuldigen Sie mich einen Augenblick!« Der Kommissar erhob sich. Krogmann beobachtete, wie er sich leise mit den beiden unterhielt. Auf Isländisch natürlich. Die drei blickten zu ihm herüber. Dann kam der Kommissar an den Tisch zurück. Er setzte sich wieder und sah Krogmann fest an. Der hielt seinem Blick stand.

Schließlich sagte der Kommissar: »Ich fürchte, Sie haben nicht in allen Punkten die Wahrheit gesagt.«

»Nicht?« Panik packte ihn.

»Über das Verhältnis zu Ihrer Frau zum Beispiel. Sie hat sich nicht nur einfach von Ihnen getrennt. Sie hat Sie obendrein angezeigt, wegen Körperverletzung.«

»Ein Missverständnis«, sagte er so leichthin wie möglich, aber er registrierte, dass seine Stimme leicht zitterte. Was hatte das alles hiermit zu tun?

»Es gibt noch ein weiteres Missverständnis.« Der Kommissar sah ihn scharf an. »Wir haben Professor Lück gefunden, auf dem Weg nach Egilstadir.«

»Dann will er fliehen«, rief Krogmann. »Das ist doch offensichtlich! Er hat gesehen, dass sein Anschlag auf mich missglückt ist, und will fliehen.« Er sprang auf. »Haben Sie ihn? Warum verfolgen Sie ihn nicht?«

»Setzen Sie sich!«

Er setzte sich. »Glauben Sie mir etwa nicht?«

»Nein, ich glaube Ihnen nicht. – Professor Lück, der das Mädchen vergewaltigt und ermordet haben soll und der Sie niedergeschlagen haben soll, heißt mit vollem Namen Friederike Lück. Es ist eine Frau.«

»Auch unter Frauen soll es schon …«, rief er verzeifelt. Er brach mitten im Satz ab. Es war aussichtslos. Er saß in der Falle. Warum hatten die Mädchen ihm nicht erzählt, dass der Professor eine Frau war?

Der Kommissar fuhr unbarmherzig fort: »Das Mädchen kam ins Zelt, als Sie dabei waren, ihre Sachen zu durchstöbern. Sie wussten, dass sie zur Zeit allein war. Es gab da eine Eintragung im Feldbuch: Prof. Lück 6.00 Uhr Wasserproben. Lück war also weg. Sie wollten eine Frau, und hier war eine. Sie sind über sie hergefallen. Sie hat sich gewehrt. Der Schlag auf den Kopf stammt von ihr. Sie haben sie gewürgt. Dann sind Sie geflohen, denn Sie haben damit gerechnet, dass jeden Moment der Professor auftaucht und Sie erledigt. – Als Sie mit Ihrer Kopfwunde in die Hütte gestürzt kamen und Ihre unglaubliche Geschichte erzählt haben, haben die Mädchen hier zunächst gedacht, Sie seien betrunken. Aber dann haben sie schnell geschaltet. Zwei haben sich um Sie gekümmert, eine ist zum Lavafeld hinausgerannt und hat nachgesehen, was geschehen ist. Simone Blasch lebt. Sie war nur ohnmächtig. – Sie hat einen schweren Schock. Wir haben sie ausgeflogen.«

Erleichterung brach über ihn herein. Alles würde gut werden. Während er nach vermittelnden Worten suchte, sagte der Kommissar hart: »Jetzt sagen Sie bloß nicht: ›Dann ist ja alles gut.‹ – Nichts ist gut. Ein solches Verbrechen hinterlässt bleibende Schäden.«

Und wenn! »Jedenfalls ist es kein Mord!«

Das hätte er nicht sagen sollen. Der Kommissar sah ihn voller Verachtung an. »Früher haben wir solche wie dich in der Einöde ausgesetzt und für vogelfrei erklärt. Jeder konnte sie töten, wenn er wollte. Heute sperren wir euch ein für zehn, zwanzig Jahre. Das klingt humaner, aber in Wirklichkeit ist es die Hölle, mein Freund, die Hölle. Und du – du hast sie verdient.«

Die Glorreichen

CARSTEN SEBASTIAN HENN

Man soll ja bekanntlich keine Pläne machen, es kommt im Leben ja sowieso immer anders, als man denkt. Im Sterben allerdings auch.

Ich bin eigentlich ein friedfertiger Bursche. Nee, wirklich. Tu keiner Fliege was zuleide. Könnt ihr mir glauben. Ich weiß, ich seh was brutal aus, aber da kann ja keiner was für, wie er aussieht. Das kommt ja alles von den Genen. Es sei denn, man heißt Cher und gilt als Prestige-Objekt der Schönheitschirurgie. Dann sind Gene nur gut gemeinte Vorschläge der Natur.

Ich hab mein ganzes Leben nix Schlimmes gemacht. Also nix richtig Schlimmes. Aber das hat jetzt ein Ende.

Heut bringe ich den Jürgi um. Die blöde Sau.

Was der Jürgi für einer ist? Ein Ehebrecher. Wie er aussieht?

Wie hundertzwanzig Kilo Mett mit Schnäuzer.

Aber nicht mehr lange. Heute ist Vatertag, heute passiert's. Diesmal gibt's keine Kutschfahrt mit Fässchen. Wir wandern. Und zwar richtig. Eifelsteig. Da heißt es: Bierplauzen hochschleppen und Schweißmauken anstrengen. Vielleicht bringt das den Jürgi ja schon um.

Ansonsten helf ich nach.

Die Strecke ist siebzehn Komma fünf Kilometer lang, und man braucht so um die sechs Stunden. Die Zeit für den Mord inbegriffen.

Die Jungs treffen nach und nach ein, alle mit Vereins-T-Shirt. Wir sind der Kegelclub »Die glorreichen Sieben«. Wegen dem Western mit Hotte Buchholz. Und dem Kerl mit der Glatze. Genau, Charles Bronson. Seit Winfried vom Gartenstuhl gefallen ist, sind wir allerdings nur noch sechs. Aber so einen schönen Namen, den ändert man ja nicht.

Die Laune ist gut. Noch. Erst mal heißt es eincremen mit Sonnenmilch und Insektenschutz. Meine Berte hat mir Stufe 50 eingepackt. Für Kleinkinder. Zeig ich den anderen natürlich nicht. Der Jürgi soll nix mehr zu lachen haben, bevor er ins Gras beißt.

Dann geht es los. Wir machen schwer Tempo. Jeder will zeigen, was seine Waden noch hergeben. Jürgi gibt tüchtig Gas. Hoffentlich fällt ihn ein Bär an. Dem würd ich als Dankeschön eine Imkerei schenken. Dann hätt ich kein Problem mehr, dank 'nem Problembär. Manchmal bin ich echt ein Dichter.

Erste Pinkelpause. Wolles Blase drückt mal wieder. Wolles Blase drückt immer. Sie muss das Fassungsvermögen einer Walnuss haben. Ich schmeiß eine Runde Obstler. Auch François, unser französischer Kegelbruder, nimmt einen. Ich glaub ja, der kommt gar nicht aus Frankreich, sondern aus Westfalen, weil der ist so penibel. Aber von mir aus soll er aus Frankreich kommen.

Nachdem er den Obstler geext hat, schwärmt François von der frischen Luft und steckt sich eine Fluppe an. Dann fängt er genüsslich an zu husten. Der François raucht auf Lunge, seit er zwölf ist. François ist einen Meter vierundneunzig. Wenn Rauchen wirklich das Wachstum behindert, könnte er heute ohne Fluppen wohl im zweiten Stock »Hallo« sagen – ohne die Treppe zu benutzen. Seine Haut hat die Farbe von Sichtbeton. Nur eine Frage der Zeit, bis er aus Versehen mal mit einem Graffiti besprüht wird.

Er nimmt noch einen Obstler. Ich hab ihn in pur und mit Kakao. Denen hau ich die Birne zu, bevor wir im Kloster Steinfeld sind. Dass sich ja hinterher keiner dran erinnert, was mit Jürgi passiert ist. Die Strecke geht entlang der Olef, dann hoch zum Nachtberg mit seinen vierhundertdreiundsiebzig Metern – und da heißt es: Gute Nacht, Jürgi. Mit den anderen wandere ich weiter, ein Stück am Selbach entlang, zum Kloster. Und da werd ich dann beichten. Ist das auch direkt abgehakt.

Warum ich den Jürgi um die Ecke bringen will? Weil er mit meiner Perle, der Berte, was hatte. Vor einem Vierteljahr. Er meint, ich hätte nix gemerkt, weil ich an dem Abend mit dem Tambourcorps Eintracht Blaugold unterwegs war. Aber ich hatte meine Flöte vergessen. Konnte sozusagen keinen »Tüt« machen. Zu Hause hab ich dann gehört, wie meine Berte ihm die Flötentöne beibrachte. Ich mach jetzt mal keine Witze über »Blasinstrumente«. Aber da hat es bei mir kräftig »Tüt« gemacht. Ich wollte ihn direkt zerhacken, aber dann hab ich mich zusammengerissen. Und den Plan ausgearbeitet. Will ja wegen dem Saukopf nicht in den Knast. Aber heute ist Zahltag. Und ich nehm Zinsen.

Ich hab auch Tee dabei. Eine Thermoskanne. Und die ist präpariert. Mit Rattengift, tödlich, hat mein Sohn für mich extra im Internet bestellt. Die Dosis reicht für dreihundert Ratten. Oder einen Jürgi.

Alle löten sich zu. Nur ich trink aus 'ner Buddel mit ohne. Also nur Kakao. Gut, ein kleiner Schluck Rum ist drin. Aber ich brauch das auch für den Kreislauf. Hat der Arzt gesagt. Okay, das ist mein Schwager. Aber der ist ein guter Arzt. Schreibt immer krank.

»Irgendwer Tee?«

Nur Jürgi mag Tee. Aber nur Früchtetee. Wegen seinen empfindlichen Magenschleimhäuten.

»Ist das schwarzer?«, fragt er.

»Nee, Früchte.«

Er kommt. Ich füll ihm den Alubecher.

Plötzlich ist Wolle zurück. Von der Pinkelpause. Walnuss leer. Dann muss er immer ganz schnell nachschütten.

»Boah, hab ich einen Brand.«

Wo kam denn Wolles Hand jetzt so schnell her?

»Gib mal den Tee. Ist eh gesünder als der Obstler.« Und schwupps, Becher leer.

»Der ist aber bitter. Haste zu lang ziehen lassen.« Ein Rülpser, der aus einem wohl zu Recht vergessenen Abschnitt von Wolles Magen zu stammen scheint, wird in die Welt entlassen.

»Ich muss mal austreten. Geht ruhig schon weiter.«

»Wir machen uns hier keinen Stress«, sagt Jürgi. »Der ist schlecht fürs Herz.«

»Mir ist nicht so gut. Ich komm dann nach. Euch Schlafmützen hol ich selbst auf allen vieren ein.« Wolle lacht. Aber sein Gesicht ist schon grün.

Wir sehen ihn nicht wieder.

Ist wahrscheinlich besser so. Der Wolle hat doch sehr unter seiner Blase gelitten. Jetzt muss er sich da keinen Kopf mehr drum machen. Ich glaub, er hätte das so gewollt. Ist doch kein schlechter Tod. Kabelbrand im Herzschrittmacher ist schlimmer.

Na ja, ich hab ja nicht nur Gift dabei. Nee, nee, ich bin vorbereitet. Ein guter Handwerker rechnet immer mit dem Schlimmsten. Oder führt es selbst herbei. Der Jürgi wird sterben. Und dann sind wir nur noch »Die glorreichen Vier«. Dauern die Kegelabende auch nicht mehr so lang. Ich zahl eh immer drauf. Jetzt fällt es mir wieder ein, war gar nicht der Bronson. Der McQueen ist es aber auch nicht. Ich komm schon noch drauf.

Wir sind am Aussichtspunkt.

Jürgi setzt sich neben mich. Und legt seinen feisten Arm um mich, widerlich. Es ist, als würde mir jemand eine fette Nacktschnecke ins Genick drücken. Jürgi ist dicker als das Michelin-Männchen nach dem Mittagessen. Im XXL-Restaurant. Ich weiß gar nicht, warum meine Berte den rangelassen hat. Das muss ja gewesen sein, wie wenn man mit einem Gummibärchen Sex hat. Inklusive der Geräusche, wenn man einen Luftballon reibt. Die Berte und ich, wir haben ja schon lange nicht mehr.

Ich glaub, als Deutschland das letzte Mal Fußball-Weltmeister wurde, da waren wir beide so in Stimmung, dass wir uns vier Minuten Liebesglück gegönnt haben. Ja, der Mario Götze und ich. Haben an dem Tag beide spitzenmäßig einen reingemacht. War schön, wirklich. Nur die ganze Küsserei vorher hätt ich mir gern gespart.

»Ach, Hotte. Schön ist das hier. Der weite Blick. Und wir beide haben mal Zeit, was zu plaudern. Wie lang kennen wir uns jetzt schon? Fünfzig, sechzig Jahre?«

»Mhm.« Egal, wie viele es sind. Es kommt keins mehr dazu. Der soll bloß aufhören mit seinen Vertraulichkeiten. Ich bring ihn lieber schnell um. Dafür suche ich jetzt überrascht meine Jackentaschen ab. »Du, Jürgi, ich glaub, ich hab eben meine Geldbörse verloren. Hilfst du mir suchen?«

»Klar. Wie sieht die denn aus?«

»Schwarzes Leder.«

»Schwarzes Leder. Ungewöhnlich. Muss ein Sondermodell sein.« Er lacht blöd. »Keine Angst, die finden wir.«

Ist natürlich Blödsinn auf dunkelbraunem Waldboden. Gleich sind wir weit genug von den anderen weg. Dann jage ich ihm eine Kugel in den Kopf. Einmal durch. Von Ohr zu Ohr. Muss nur gucken, dass ich mich dabei nicht mit Blut bekleckere. Das geht ja so schlecht raus. Und mein Pullunder kommt immer in den Schonwaschgang. Eine Waffe mit Schalldämpfer. Hat mir mein Sohn übers Internet besorgt. Die macht beim Schießen nur »Pffft«. Klingt wohl wie beim Deospray. Nur dass dieses Deo nie versagt.

Die anderen können uns nicht mehr sehen. Ich hab denen den Obstlerkakao dagelassen. Bei dem Zeug merkt man gar nicht, was man sich reinpfeift.

Ich schleich mich von hinten an Jürgi ran. Der stellt sein Hörgerät immer auf leise. Um Batterien zu sparen. Deswegen kriegt er das nicht mit. In dem Fall ist Geiz wirklich geil für mich. Dann lege ich an, ziele auf den Hinterkopf.

Pffft.

Und Herbert ist tot. Ich hab ihm durchs Nasenloch geschossen.

Aber Jürgi steht immer noch vor mir und sucht meine Börse.

Den Herbert nennen wir alle nur Bratpfanne. Er meint, weil er so große Füße hätte. Das stimmt aber nicht. Der heißt Bratpfanne, weil er so viel Grips wie eine hat. Aber große Füße hat er natürlich auch. Wie Sechs-Pfund-Brote. Leider. Mit denen stolpert er gerne. Wenn Obstlerkakao in seinen Adern fließt, noch öfter.

Pfft.

Jürgi hat nichts gemerkt.

Aber François. Der rennt direkt zum Herbert. Denkt wohl, er sei gefallen. François beugt sich runter.

»Was hast du denn da in der Hand? Lass mal sehen ...« Pffft.

Durchs Herz. Vorne rein, hinten raus. Zack, liegt der auch auf dem Boden.

Jetzt sind wir also »Die glorreichen Drei«. Reicht zum Skatspielen.

Mensch, wie hieß denn der mit der Glatze noch? Der Savalas hat da doch gar nicht mitgespielt, oder?

»Du, ich find dein Portemonnaie nicht ... Was ist denn mit Bratpfanne und François?«

»Besoffen.«

»Dein Obstlerkakao ist aber auch teuflisch. Sollen wir sie hier schlafen lassen?«

»Soll ja nicht regnen, ist wohl am besten. Die liegen ja schön weich auf Moos.«

»Wenn die mit 'nem dicken Brummschädel aufwachen, fühlen die sich später wie erschossen.« Er lacht wieder. Noch.

Ich muss mich erst mal erholen und wandere ein Stück. Wenn man gerne wandert, ist der Weg schön. So abwechslungsreich. Wald-, Panorama-, Tal- und Höhenwege. Der Ort Olef hat zwar einen beknackten Namen, so als hätten sie Olaf mit Schnupfen ausgesprochen oder als würden hier nur Dänen leben, aber der historische Kern bringt Jürgi zum Fachsimpeln. Er schießt auch ein paar Fotos. Aufgrund von Vandalismus fehlt die Beschilderung. Der Eifelsteig ist hier nur durch die Markierungszeichen zu erkennen. Die Jugend von heute, die hat auch kein bisschen Anstand mehr.

Erst als wir an Erdhügeln und Erdgruben vorbeikommen, die vom Bergbau übrig sind, hab ich wieder genug Kraft gesammelt, um Jürgi umzubringen. Da merkt man, dass ich kein Profi bin. Ich hol mein Schweizer Offiziersmesser aus dem Rucksack. So ein original rotes mit Kreuz drauf. Mit vierzehn Sachen dran. Auch Dosenöffner, Pinzette, Zahnstocher, Schrauben- und Korkenzieher. Mit dem würde ich Jürgi ja am liebsten den Skalp abschneiden. Aber es muss wie ein Unfall aussehen. Wobei ich nicht weiß, wie ich der Polizei die anderen Unfälle erklären soll. Das sind ja doch ganz schön viele. Sieht nicht mehr so irre nach Unfall aus. Mit einem »Herr Wachtmeister, heute ist einfach nicht mein Tag« wird es da wohl nicht getan sein. Werd ich halt alles dem toten Jürgi in die Schuhe schieben. Er muss jetzt nur unglücklich in die große Klinge fallen. Mit dem Herzen. Vielleicht beim Apfelschneiden. In Wahrheit muss ich ihm das Ding natürlich in die Brust stoßen. Womöglich mehrfach. Mag ich ja nicht so. Kann kein Blut sehen. Aber es muss wohl. Die Pistole hab ich eben nämlich bei Herbert liegen lassen, damit's aussieht, als hätte er abgedrückt.

Plötzlich nestelt einer an meinem Rucksack rum. Beate. Unser bester Kegler. Beate heißt wirklich Beate. Ein Missverständnis bei seiner Geburt. Die Hebamme sah schlecht und meldete, dass ein Mädchen geboren sei. Sie schlug Beate direkt in ein Handtuch, und der Priester war praktischerweise auch schon anwesend und sprach gleich den Segen für Beate. Beim Standesamt konnten sie wenigstens noch einen ordentlichen Namen angeben: Franz-Josef. So nennt er sich auch auf der Arbeit bei den Stadtwerken, aber seine Freunde dürfen ihn Beate nennen. So wie er vor Gott heißt.

»Was machst du denn da?«, frage ich ihn. Irgendwas scheppert.

»Sekunde«, sagt Beate. »Das ist ja so heiß heute.«

»Klar ist es heiß, was machst du denn da?«

»Was trinken.«

»In der roten Kanne ist aber nur Kakao ohne Obstler.«

»Alles klar.«

Ich überlege, wo ich das mit dem Schweizer Offiziersmesser am besten mache. Aber ich muss sowieso warten, bis Beate wieder vorgeht. Der ist so ein Vorgeher. Will auch immer als Erster kegeln. Was vorlegen.

»Öchö«, hör ich ihn sagen. »Röchö.«

»Sag mal, was hast denn du getrunken?«

»Den Kakao, aber vorher hab ich noch in die Stulle gebissen, die ich mir aus deinem Rucksack stibitzt hab.«

Die Stulle, ach so, da waren Rasierklingen drin. Ganz kleine, hab ich mit einer Metallsäge klein gemacht. Die hat mein Sohn für mich extra im Internet bestellt.

Beates Gesicht ist bereits dunkeltürkis. Kann auch Altrosa sein. Mit einem Stich Eitergelb um die Augen.

»Tschüss, Beate. Ich konnt dich gut leiden.«

»Was?« Da plumpst er auf den Boden wie ein reifer Apfel. Die glorreichen Zwei. Und Jürgi wird auch gleich dran glauben müssen.

Dann gibt es nur noch den glorreichen Hotte.

Jedes Mal das Gleiche. Ich hasse solche Situationen. Das wird mich mal wieder den Schlaf kosten. Ich komme einfach nicht auf den Namen von diesem Schauspieler. Dabei seh ich ihn genau vor mir. Der mit der Glatze halt.

Jürgi hat überhaupt nicht mitbekommen, was mit Beate passiert ist. Er hat die ganze Zeit nur vor sich hin gestarrt. Jetzt legt er mir wieder seinen dicken Arm um die Schulter.

»Hotte, ich muss was loswerden. Sag jetzt nix, das muss raus. Ist wie ein Geschwür in der Seele. Ich will dir das schon lange sagen. Vor einem Vierteljahr, da bin ich abends bei euch – also bei Berte und dir – vorbeigekommen, um einen Kuchen fürs Pfarrfest vorbeizubringen. Meine Frau hatte mich geschickt. Deine Berte war an dem Abend komisch, weißt du, so richtig komisch. Also nicht komisch wie ein Clown, eher seltsam, verstehst du? Die hatte den Film mit der Romy Schneider gesehen, ›Sissi‹, den dritten Teil, und hat geheult. Sie hatte wohl auch was getrunken und hat mir auch eingeschenkt, immer wieder, dabei wollte ich gar nicht, und dann wurde sie so ... kuschelig. Weißte? Ich wollte gleich wieder weg. Und dann packt die mich plötzlich.« Jürgi kommen die Tränen. »Hotte, ich will echt nicht sagen, wo mich deine Berte angefasst hat. Und eh ich mich versah ... Also, Hotte, schön war das nicht. Ich hab das auch gar nicht gewollt. Ich hab auch die ganze Zeit dabei gelitten und gebetet. Aber da ist man als Mann ja wehrlos. Mach mit mir, was du willst, Hotte. Ich hab es verdient. Wir sind doch Freunde, und so was macht man nicht mit einem Freund.«

»Nee«, sag ich. »Wirklich nicht. Aber mit dessen Frau anscheinend. Wie wär das denn, wenn ich mit deiner Ilse?«

»Das willste nicht wirklich, Hotte! Glaub es mir. Ich nehm vorher immer Schmerztabletten. Vierhunderter Ibuprofen. Drei Stück.«

Jürgi bleibt stehen. Ich krampfe meine Hand um das Schweizer Offiziersmesser. Ich bin so irre wütend, dass ich den Dosenöffner aufklappe. Schön stumpf. Der wird Jürgi richtig wehtun. Nix merkt der von meiner Absicht, der redet immer noch weiter.

»Und Hotte, wo wir so offen reden. Die anderen ausm Verein. Wolle, Herbert, François und sogar Beate, die haben alle, na ja, also, es war nicht immer ›Sissi‹, nee, nee, wohl auch mal ›Der Frosch mit der Maske‹, da hatte sie wohl Angst bekommen und wurde dann auch ... so kuschelig. Ganz zu schweigen von ›Zur Sache, Schätzchen‹ mit der Uschi Glas.«

»Nee«, sage ich. »Das ist jetzt nicht wahr.«

»Doch, Hotte. Ist es. Das werden dir die Jungs bestätigen.«

Nee, das werden sie nicht. Es sei denn, Zombies dürfen auch den Eifelsteig wandern.

»Sind wir noch Freunde, Hotte?«

Ich drehe mich um. Da ist keiner mehr. Ich habe meine ganzen Kumpels umgebracht. Und womit? Mit Recht. Sie haben es verdient, aber schade ist es trotzdem. Jürgi ist mein letzter Freund.

»Jürgi«, sage ich deshalb. »Du bist sogar mein allerbester Freund.«

Wir umarmen uns. Männer machen so was zwar nicht, aber uns ist einfach danach. Ich habe an diesem Tag einen guten Freund wiedergefunden. Als Strafe für das Stelldichein mit Berte wird er bis an sein Lebensende die Runden in der »Jägerstube« übernehmen müssen. Eigentlich ein gutes Geschäft.

Am Kloster Steinfeld wartet meine Berte auf uns. Sie hat sich bereit erklärt, uns was zum Grillen herzufahren.

»Und? Hat alles geklappt?«, frag ich sie.

»Da drüben steht die Kühltasche. Ich bleib aber nicht zum Grillen. Heute läuft ›Die Mädels vom Immenhof‹ im ZDF. Und der Mann von der Uschi wollte noch was vorbeibringen, das ich morgen für ihn auf dem Trödelmarkt an der Kirche verkaufen soll.«

»Berte?«

»Ja, Hotte?«

»Aber erst trinkst du eine Tasse Tee mit uns.« Ich schütte ihren Becher bis oben hin voll.

»Wo sind eigentlich die anderen?«, fragt sie.

»Mach dir keine Sorgen«, antworte ich. »Die wirst du gleich zu sehen bekommen.«

Sie trinkt das Zeug in einem Zug. So ist sie, meine Berte.

Oder besser: So war sie.

Yul Brynner! Natürlich. Yul Brynner. Jetzt werd ich ruhig schlafen können.

Mystische Fußreise

JÜRGEN KEHRER

»Nur wo du zu Fuß warst,
bist du wirklich gewesen«,
hat Goethe gesagt.
Aber es gibt Momente,
da möchte man überall sein,
nur nicht zu Fuß an diesem einen Ort.
Es könnte tödlich enden.

Gudrun rannte um ihr Leben. Sie spürte nicht, wie die Dornen ihre Hände aufritzten, die zurückschnellenden Äste ihr ins Gesicht peitschten. Sie wollte nur weg, so schnell wie möglich weg, raus aus diesem Wald, zurück ins Hotel. Dort würde sie in Sicherheit sein. Doch bis dahin war es noch ein langer Weg. Da. Schon wieder ein Schuss. *Oh mein Gott.* Die Kugel schlug direkt neben Gudruns Kopf in den Baumstamm. Instinktiv duckte sie sich. Aber sie durfte nicht stehenbleiben. *Weiter, weiter.* Der Hang neigte sich jetzt stärker. Zwischen den kahlen Baumstämmen blitzte blaugrau der See auf. Und da, direkt am Ufer, lag das Hotel. Gudrun sah den Rauch, der aus dem Schornstein quoll. Wie gern würde sie neben dem Kamin in der Bar sitzen, eine Tasse Earl Grey neben sich, ein Buch in der Hand. Sie stolperte über eine Wurzel, merkte, wie sie das Gleichgewicht verlor. Den Gesetzen der Schwerkraft folgend, zog ihr Oberkörper sie nach unten. Gudrun streckte die Hände aus, auf der verzweifelten Suche nach einem Zweig, nach irgendetwas, an dem sie sich festhalten konnte. Und dann stürzte sie auch schon den Berg hinunter, schlug mit dem Kopf auf, rollte sich weiter, wie eine Kugel, bis sie mit dem Rücken gegen einen Baumstamm prallte. Ein Schlag, als ob ihr jemand einen Axthieb versetzt und den Rücken in zwei Teile gespalten hätte. Wahnsinnsschmerzen. Gudrun öffnete den Mund für einen Schrei. Heraus kam nur ein heiseres Pfeifen, nicht lauter als der Wind, der sich in den Baumkronen verfing. Sie versuchte einzuatmen. Vergeblich. Eine tonnenschwere Last drückte auf ihre Brust. Unmöglich, Sauerstoff in die Lungen zu pumpen.

Nur das Adrenalin, das durch ihre Adern pulsierte, hielt sie noch bei Bewusstsein. Panisch starrte sie nach oben, zu der Stelle, an der sie sich eben noch befunden hatte. Dort bewegten sich die Zweige. Und dann schob sich der Lauf eines Gewehres in ihr Blickfeld. *Warum hier?*, dachte Gudrun. *Warum an diesem kalten Dezembertag?*

Drei Wochen zuvor.
»Landschaftspsychologische Erlebnisoptimierung«. So hieß der Workshop, den Linus Reinhard in einem Vier-Sterne-Hotel anbot. Untertitel: »Von der Magie der Fußreise – eine theoretische und praktische Einführung«. Gudrun hatte ihrem Jochen gleich davon erzählt, als sie die Ankündigung in der Tageszeitung gelesen hatte, und mit jener Bestimmtheit, die Jochen verriet, dass sie keinerlei Kompromisse duldete, hinzugefügt: »Da müssen wir hin. Die Chance, mit Linus Reinhard zu wandern, lasse ich mir nicht entgehen.« Denn Linus Reinhard war nicht irgendein Wanderpsychologe, der Weisheiten über körperliche Betätigungen in der Natur absonderte, nein, er war *der* Wanderpapst schlechthin. Seine von ihm konzipierten »Fußreisen« – wie er die Wanderrouten nannte – hatten unter Experten und Fans einen ähnlichen Glamourfaktor wie die berühmten Michelin-Sterne für Gourmets. Und Eintrittskarten für einen seiner seltenen Vorträge wurden auf dem Schwarzmarkt zu horrenden Preisen gehandelt. Doch in diesem Fall bot sich die Gelegenheit, Linus Reinhard für sich allein zu haben. Nun, vielleicht nicht ganz für sich allein, zwölf Teilnehmer wollte Reinhard zum Workshop zu-

lassen. Aus einer Vielzahl von Bewerbern, wie Gudrun vermutete.

Gudrun schaute Jochen scharf an. Der schüttelte eine Weile den Kopf, brummelte etwas in seinen nicht vorhandenen Bart und meinte dann: »Meinetwegen. Aber wandern kannst du alleine. Wald habe ich genug, wenn ich mich um mein Jagdrevier kümmere.«

»Da hockst du doch nur auf dem Hochsitz.«

»Na und? Ich bin an der frischen Luft. Und Natur ist Natur.«

»Ja. Kreisrund und mit einem Fadenkreuz in der Mitte.«

Eigentlich war es Gudrun ganz recht, dass Jochen sich ausklinkte. Mit einem fußlahmen und nörgelnden Ehemann an den Hacken wären die Ausführungen von Linus Reinhard bestimmt nur halb so inspirierend.

Zwei Tage zuvor.

Jetzt stand sie hier, in der Bibliothek des Hotels. Sie hatte es geschafft. Ihre Anmeldung war nicht nur rechtzeitig eingegangen, sie hatte auch die wohlwollende Auswahl des Meisters überstanden. Gudrun lobte sich dafür, dass sie vor dem Bewerbungsfoto noch rasch dreihundert Euro in Friseur- und Kosmetiktermine investiert hatte – auch der größte Philosoph ließ sich durch ein apartes Aussehen beeindrucken. Immerhin stand sie in Konkurrenz zu neun anderen Frauen, lediglich zwei Männer komplettierten den Teilnehmerkreis.

Kein Wunder, dachte Gudrun, Linus Reinhard sah auch zum Anbeißen aus. Das rot-weiß karierte Hemd über der praktischen Cargo-Hose und den festen Wanderstiefeln, der grau melierte, buschige Vollbart, der oben konisch zulaufende Wanderhut mit der angesteckten Feder – Reinhard war ein Wanderer wie aus dem Bilderbuch. Einem Bilderbuch für frustrierte Frauen, deren Männer sich lieber vor der Massagedüse im Solebad herumdrückten. So wie Jochen. Gudrun straffte ihren Rücken. Nun ja, ihr Mann hatte auch seine Qualitäten. Obwohl ihr die gerade nicht einfielen.

Linus Reinhard umfasste die Teilnehmer mit einem warmen Blick. Sie würden während der theoretischen Phasen des Workshops stehen, hatte er ihnen bereits erklärt, denn Sitzen war das neue Rauchen, stehend blieb man wacher und konzentrierter. Gudrun machte das nichts aus. Allerdings hätte sie sich sowieso nicht zwingen müssen, der leicht knarzigen Stimme des Wanderphilosophen konzentriert zu lauschen. Begierig schnappte sie jedes seiner Worte auf: »*Bleib' nicht auf ebnem Feld! Steig' nicht so hoch hinaus! Am schönsten sieht die Welt von halber Höhe aus.*« Reinhard lächelte. »Na? Von wem stammt das Zitat? Etwa von Goethe? Oder ...«

»Von Nietzsche«, platzte die niedliche Blondine mit der praktischen Kurzhaarfrisur, die sich in der Vorstellungsrunde Elke genannt hatte, in die Rede des Meisters und schaute sich triumphierend um. *Angeberin*, dachte Gudrun.

Reinhard wirkte für einen Moment enttäuscht, wahrscheinlich hatte er nicht damit gerechnet, dass jemand die Antwort wusste. Dann schaltete er wieder sein Wohlfühl-Lächeln ein. »Sehr gut«, lobte er die Streberin. »Aber warum ist das so? Warum fühlen wir Menschen uns auf locker bewachsenen mittleren Höhen am wohlsten? Wieso lieben wir Aussichten?«

Darauf hatte Elke natürlich keine Antwort.

Drei Stunden später, nach einem, wie Reinhard es nannte, *genießerischen Müßiggang* am See entlang, bei dem Gudrun spürte, wie sie körperlich und geistig frischer wurde, ja geradezu euphorisch durch das *Runner's High*, die vom veränderten Fettstoffwechsel freigesetzten Serotonine und Dopamine, fand sie Jochen im Ruheraum des Wellness-Bereichs. Er hatte es sich auf einem Wasserbett bequem gemacht und schnarchte leise vor sich hin. Gudrun wartete auf dem Nachbarbett, bis er die Augen aufschlug.

»Na, wie war's?«

»Fantastisch. Wir haben so viel gelernt. Wusstest du zum Beispiel, dass wir noch heute von unseren archaischen Steinzeit-Genen gelenkt werden?«

Jochen grunzte fragend.

»Deshalb halten wir uns am liebsten in Parklandschaften auf und genießen weite Ausblicke. Unsere Vorfahren konnten so ihre Feinde frühzeitig erkennen und sich in Sicherheit bringen – oder Beute entdecken.«

»Klar«, sagte Jochen. »Für einen Abschuss brauche ich eine Lichtung.«

Gudrun nickte. »Das ist der Jagdinstinkt, der bei euch Männern nach wie vor wirkt.«

Jochen schaute sie prüfend an. »Findste toll, diesen Reinhard, was?«

»Er hat so eine Aura, weißt du. Er ist so …«

Jochens Augen wurden dunkel. War das tatsächlich Eifersucht?, fragte sich Gudrun.

»… lehrreich«, ergänzte sie sachlich. »Ja, das ist das richtige Wort. Ich lerne so wahnsinnig viel.«

Jochen kraulte sein Brusthaar. »Pass bloß auf, dass er dich nicht einlullt mit seiner Aura.« Dann legte er sich wieder hin und drehte ihr den Rücken zu. Sekunden später hörte sie an seinen Atemgeräuschen, dass er eingeschlafen war.

Gudrun seufzte. Ein bisschen was von Linus Reinhard hätte Jochen ruhig haben dürfen. Die scheinbar zufällige Berührung an der Schulter, mit der Reinhard sich vorhin in der Lobby von ihr verabschiedet hatte, war gefühlvoller gewesen als alles, was Jochen in den letzten Jahren zustandegebracht hatte.

Ein Tag zuvor.
Linus Reinhard stützte sich auf seinen Wanderstock und wartete, bis sich alle um ihn versammelt hatten. »Wasser«, sagte er und deutete auf den Bach, der neben ihm den Berg hinabfloss, »ist Leben. Für unsere Urahnen stellte das Aufspüren von Wasser eine überlebenswichtige Aufgabe dar. Denn wo Wasser war, war auch Nahrung. Fische, Wild, Kräuter, Beeren. Deshalb lieben wir heute noch Wasser. Wir können uns nicht sattsehen an Wasser. Wann immer es möglich ist, sollten wir der Strömung entgegengehen. Das Wasser muss auf uns zukommen, damit wir es richtig erleben können.«

»Und es erfrischt so herrlich.« Elke, die Kurzhaar-Blondine, kniete sich vor die Füße des Meisters und tauchte ihr knallbuntes Halstuch ins Nass. Anschließend reckte sie ziemlich theatralisch den Arm in die Höhe, um sich von Reinhard auf die Füße helfen zu lassen. *Unglaublich, mit welchen Tricks manche Frauen arbeiten,* dachte Gudrun, als Elke auf dem glitschigen Lehmpfad sich so ungeschickt anstellte, dass sie ausrutschte und ihr üppiger Busen mit Reinhards breiter Brust zusammenprallte.

Auch dem Wanderphilosophen schien die Sandwich-Stellung ein wenig peinlich zu sein. »Mystery-Effekt«, hob er mit brüchiger Stimme an. »Das A und O des Wanderns. Wir suchen Überraschungen, wollen wissen, was hinter der nächsten Biegung auf uns wartet.«

»Ich kann ja ein Stück vorausgehen«, lachte Elke. »Und dann tauche ich überraschend wieder auf.«

»Tja.« Reinhard wirkte etwas angefasst. »Ich glaube, wir gehen jetzt besser weiter.«

Elke ließ sich zurückfallen und schritt neben Gudrun den Berg hinauf.

»Ist er nicht süß?«

»Wer?«, gab sich Gudrun gleichgültig.

»Lini natürlich.«

Gudrun spürte, wie ihr das Blut in den Kopf schoss. »Lini?«

»Wir haben gestern Abend an der Bar noch ein paar Gin Tonic getrunken. Da ist er ganz schön aufgetaut, unser Wanderpapst.« Elke stieß Gudrun ihren Ellenbogen in die Seite. »Kleiner Tipp von mir: Wenn du was erleben willst, lässt du deinen Ehemann besser zu Hause.«

Als Gudrun zwei Stunden später verschwitzt und innerlich immer noch aufgewühlt die Turmsuite mit dem herrlichen Ausblick auf den See betrat, lag Jochen im Kingsize-Bett und schaute zum Fernseher am Fußende, auf dessen Flachbildschirm Männer in kurzen Hemden und Hosen über einen grünen Rasen liefen.

»Diese blöde Kuh«, platzte Gudrun heraus.

»Wer?«, fragte Jochen, ohne den Blick von den Ball spielenden Männern abzuwenden.

»Elke, eine Teilnehmerin aus unserem Workshop. Wie die sich an Linus Reinhard ranschmeißt, ist unglaublich. Heute hätte sie ihn beinahe am Wanderstab hinter einen Baum gezerrt.«

»Na und?« Jochen drehte nun endlich den Kopf. »Kann dir doch egal sein.«

Die Eiseskälte in seiner Stimme raubte Gudrun den Atem. Als sie sich wieder gefasst hatte, sagte sie: »Ich geh dann mal duschen.«

»Wird wohl das Beste sein«, knurrte Jochen, während die Männer im Fernsehen einen Leiberberg bildeten und den Kleinsten unter sich begruben.

Zehn Minuten zuvor.
Allein. Gudrun bahnte sich ihren Weg durch das Dickicht. Linus Reinhard hatte die Workshop-Teilnehmer im Schneegestöber am Hang des Berges ausgesetzt. Ihnen ihre Smartphones abgenommen, damit sie sich nicht mit Hilfe von Google Maps, GPS oder was auch immer orientieren konnten, und ihnen die Aufgabe erteilt, selbstständig zum Hotel zurückzufinden. Und nicht nur das. Vorher hatte er noch über die *Prospect and Refuge-Theorie* von Jay Appleton referiert, beobachten und sich verstecken, das alte Spiel der Mensch-

heit. Deshalb durften sie keinen Kontakt untereinander aufnehmen. Im Verborgenen bleiben und gleichzeitig so viele Informationen über die Wege der Anderen sammeln wie möglich.

Gudrun hatte erst einmal einen gehörigen Schreck bekommen. Und als sie in die Runde blickte, merkte sie, dass einige andere Teilnehmerinnen ebenfalls blass geworden waren. Reinhard kannte die Reaktion natürlich, und er war Motivator genug, seine Schäfchen wieder aufzubauen. Demjenigen, der bei dem Test am besten abschnitt, versprach Reinhard einen Drink an der Bar. Am Abend, zu zweit. Und Gudrun tätschelte er sogar den Kopf. Elke war vor Neid fast der Geifer aus dem Mund geflossen. Selber schuld, warum hatte sie auch so getan, als sei es das Leichteste der Welt, sich in der Natur zurechtzufinden? Gudrun stand zu ihren Gefühlen. Sie strich sich übers Haar. Noch jetzt glaubte sie, die Berührung von Linus' schwieliger Hand am Hinterkopf zu spüren. *Linus?* Hatte sie gerade wirklich *Linus* gedacht?

Gudrun blieb an einem Ast hängen. Anstatt verträumt durch den Wald zu schlendern, sollte sie lieber Punkte sammeln. Für den Drink mit Linus am Abend. Verstecken und beobachten. *Streng dich an, Mädel!*

Hinter ihr knackte es im Gebüsch. War da jemand? Ein Spielverderber?

Jetzt.
Der Gewehrlauf schwenkte in ihre Richtung. *Jochen*, dachte Gudrun. Er musste ihr gefolgt sein und die Situation mit Linus missverstanden haben. Bestimmt hatte Jochen im Auto eines seiner Jagdgewehre versteckt.

»Jochen!«, schrie, nein, krächzte sie. »Wir können doch über alles reden. Du irrst dich. Ich habe nichts mit Li…, ich meine, mit Reinhard.«

Der Gewehrlauf zitterte heftig, als würde die Person dahinter von einem Krampf geschüttelt. Und täuschte sie sich oder hörte sie tatsächlich ein heiseres Lachen? Nicht von einem Mann, sondern von …

Tatsächlich, Elke trat aus dem Unterholz. »Du glaubst wohl, du kannst mich verarschen? Du nimmst mir Linus nicht weg. Du nicht.«

Die Frau war irre, total irre. »Du bist ja verrückt«, krächzte Gudrun. »Hör auf mit dem Quatsch.«

»Verrückt?«, echote Elke. »Verrückt nenne ich, was dein Mann treibt. Schleicht mit einem Gewehr durch den Wald, obwohl gar keine Jagdsaison ist.«

»Und was …«

»Was ich mit ihm gemacht habe? Ich habe ihn schlafen geschickt und mir sein Gewehr geschnappt. Ich werd's so aussehen lassen, als hätte *er* dich umgebracht. Mord aus Eifersucht, verstehst du. Ich kann bezeugen, dass er allen Grund hatte.«

Elke drückte das Gewehr an ihre Schulter und zielte.

Gudrun schloss die Augen.

Ein Schuss fiel. Sie spürte nichts. War sie schon tot?

Gudrun hob vorsichtig die Augenlider. Elke lag vor ihren Füßen, in ihrem Rücken steckte ein Jagdmesser.

»Schatz!«, rief Jochen. »Alles in Ordnung?«

* Anmerkung: Viele seiner Ansichten hat sich Linus Reinhard vom deutschen Wanderpapst Rainer Brämer abgeguckt.

Der perfekte Überfall

HOLGER WIENPAHL

Man kann sich gar nicht gut genug vorbereiten. Vorbereitung ist das halbe Leben und der ganze Überfall, solange man die Details nicht aus den Augen verliert. Der perfekte Überfall ist eine Anleitung mit Schönheitsfehlern.

Ganz ehrlich, ich hasse mich dafür. Ich bin ein guter Mensch. War ich immer schon. Na ja, fast immer. Und freundlich bin ich. Ich mache da keine Unterschiede. Ich kann es sogar beweisen. Da war heute dieser kleine Junge auf der schönen Caféhaus-Terrasse im Dorf. Selbst er hat es nicht geschafft, meine dunkle Seite zum Vorschein zu bringen. Ich wollte nur ein wenig Ruhe. Eine Stunde. Sitzen. Cappuccino schlürfen. Marzipan-Torte essen. Muss doch auch mal möglich sein. Was macht dieses Rotzbal... äh, dieser Junge? Zwei Jahre alt ist er – ungefähr – und er schreit, meckert, motzt in einem fort. Immer wieder zeigt er auf Gebäck, Getränk, Spielzeug ... und wenn er es nicht sofort bekommt, dann wird geschrien. Einfach nur geschrien. Er sitzt auf dem Schoß seiner Mutter und tyrannisiert uns alle. Nee, also wirklich. Und offensichtlich ist der Bengel nur mit einem einzigen Mittel zum Schweigen zu bringen. Mit Essen, mit viel Essen. Essen gefällt ihm. Sonst nix. Im Leben des Jungen gibt es anscheinend nur zwei Zustände: Mund voll oder Mund auf. Wie gierig kann man sein? Nicht falsch verstehen. Ich mag Kinder. Aber als der Kleine schließlich die Kanne mit der Kaffeemilch fordert und angereicht bekommt, um sie auch noch zu vernaschen, stehe ich auf. Ich muss hier weg. Mit zwei Fäusten in der Tasche. Die Marzipan-Torte lasse ich zurück. Ich weiß, wer sie essen wird. Das Kännchen Kaffeemilch ist ja zu diesem Zeitpunkt fast ausgetrunken. Das nur mal so zum Beweis: Ich bin wirklich ein guter Mensch, aber ich schweife ab.

Auch meine Nachbarn mögen mich. Wir grüßen uns, manchmal plaudern wir etwas, am liebsten ganz unverdächtig über Fußball. Über den FCK kann man ja immer reden. Solange ich schimpfe, nicken alle und stimmen mir zu. »Diese Herren Millionäre brauchen mal dringend einen Trainer, der sie so richtig rannimmt« oder »So kann das nicht weiter gehen, ich geh' nicht mehr hin« und auch »Früher war alles besser, als die Bayern noch vor uns gezittert haben«. Mein Lieblingssatz aber ist: »Wenn Fritz Walter das noch erleben müsste ...« Der geht wirklich immer. Emotional ist er, lässt traditionelles Denken erkennen, aber auch Fachwissen, und löst sofort eine lebhafte Debatte aus, zu der ich dann nichts mehr beizutragen habe. Tatsächlich habe ich nämlich von Fußball nicht die geringste Ahnung, aber mit dauerhaftem Meckern über die Roten Teufel kann ich das gut überspielen. Der 1. FC Kaiserslautern ist hier in Dannenfels am Donnersberg wahrscheinlich das einzige Thema, das ein gutes Gefühl hinterlässt, selbst wenn man Schlechtes denkt. Ansonsten tauschen wir uns hier im Dorf – zum Beispiel in der regionalen Facebook-Gruppe – eher über andere große Themen aus: Wo im Kreis Donnersberg kann man Äpfel zu Saft pressen und abfüllen? Wem gehört die Katze, die mir heute zugelaufen ist, oder wie finde ich einen Ebay-Verkaufsexperten? Alles ist wichtig. Im Urlaub kümmere ich mich um die Post meiner Nachbarn und deren Blumen. Ist selbstverständlich. Wir vertrauen uns, das ist schön. Kurz und gut: Ich führe ein äußerst unaufgeregtes Leben. Einfach und geregelt. Aber ich schweife schon wieder ab.

Mir ist wichtig, dass jeder weiß: Ich bin ein guter Mensch. Ganz in echt. Aber jetzt hasse ich mich. Für meinen Plan. Ich kann nicht anders, ich muss in ein paar Tagen böse sein. Sehr böse. Richtig fies. Gegen meine Natur werde ich anderen Menschen Angst machen. Angst machen müssen. Ich habe keine Wahl. Bei diesem Gedanken schaudert es mir vor mir selbst. Ich sehe an meinem Körper hinunter und wieder herauf, gucke in den Ganzkörperspiegel und sehe einen Mann, der zum Äußersten entschlossen ist. So viel steht fest: Ich werde eine Bank überfallen. 100.000 Euro müssen rausspringen. Minimum. Erst mal. Ja, ich hasse mich dafür. Aber das Geld rettet meine Rente. Nein, es rettet mich. Die Rente ist sicher, haben sie gesagt. Ach nee, wirklich? Ich geh lieber auf Nummer sicher und sicher mir die Rente. Wie heißt es doch: Rente gut, alles gut. Ich mache ja schließlich nur das, was alle vorausschauenden Politiker von mir erwarten. Private Vorsorge. Ist doch so wichtig. Habe ich gelesen. Gegen Altersarmut. Die droht mir nämlich auch. Krankenversicherung, Miete, Handy, Internet, Lebensunterhalt. Da bleibt ja, wenn ich in einem Jahr in den Ruhestand gehe, wirklich nichts mehr übrig vom Geld. Also: Es bleibt nur der Bankraub.

Ich habe zwar so gar keine Ahnung, wie man vorgeht, aber ES. WIRD. PERFEKT. Ich muss mich nur richtig vorbereiten. Mein großer Vorteil: Ich bin dermaßen unscheinbar, dass mir sowieso niemand ein Kapitalverbrechen zutrauen würde. Niemals! Sei schlau, stell dich dumm.

Mein Plan ist simpel und genial: Einfach an alles denken. An ALLES. Jedes Detail kann wichtig sein.

Ich google zunächst mal stundenlang die Stichworte »Banküberfall«, »perfekt« und »Vorbereitung«. Die Ergebnisse sind erstaunlich. Experten geben wertvolle Tipps, Interviews mit Profis finden meine Aufmerksamkeit, und sogar Wochenendseminare werden angeboten: »Wie plant man einen Banküberfall«. Zum Seminar melde ich mich zwar nicht an, aber schnell weiß ich, wie ich vorgehe. Aufrecht, wie selbstverständlich, werde ich die Bank betreten. Älterer Mann, Sonnenbrille, Rucksack auf der Schulter, festes Schuhwerk, fester Schritt, fester Blick. Ich werde zum Schalter gehen, lässig das Geld fordern, danach ins Fluchtauto steigen, raus aus der Jacke und in aller Seelenruhe heim nach Dannenfels fahren. Und zwar zum großen Wanderparkplatz, von dem ein Weg direkt rauf zu dem höchsten Berg der Pfalz führt, dem Donnersberg. Noch im Auto werde ich den bunten Fleece-Pulli über das karierte Hemd ziehen und dann zum Adlerbogen wandern, dem Wahrzeichen des Berges. Mit dem Rucksack und dem frischen Bargeld auf dem Rücken werde ich wie ein völlig harmloser älterer Herr auf einem Ausflug sein, und niemand wird mich für den größten Dannenfelser Verbrecher aller Zeiten halten. Wandern ist die beste Tarnung für ein Verbrechen. Wandern ist friedlich. Wandern ist »eins sein« mit der Natur. Wandern ist das Schönste für Herz und Seele und so gesund. Schon der erste Schritt auf dem Pfad bedeutet, den Alltag hinter sich zu lassen. Wer ist unverdächtiger als ein entspannter älterer Wanderer? Niemand wird glauben, dass ich gerade eine Bank überfallen habe, aber jeder andere Wanderer auf dem Weg wird sich an mich erinnern und mir ein Alibi liefern.

Dafür muss ich sorgen. Was für ein genialer Plan. Was für eine schlaue Tarnung. Niemand wird es je erfahren. Niemand wird mich je verdächtigen. Ich wandere, und beim Wandern muss ich so auffallen, dass mich andere Wanderer sofort wiedererkennen werden. Anschließend werde ich ausgeruht, entspannt, beseelt und glücklich nach Hause fahren und mein Geld zählen. Ein wenig Geduld werde ich brauchen, aber die Vorfreude auf diesen Moment wird mich ständig begleiten. Ich habe auch schon einen Spitznamen für mich gefunden: *der neue Al Capone von der Pfalz*. Den gab es wirklich mal. Bernhard Kimmel. Überfälle waren seine Spezialität. In den 60ern verunsicherte er mit seiner Bande die gesamte Region. 150.000 Mark haben sie insgesamt auf ihren Raubzügen erbeutet. Damals ein Vermögen. Versteckt haben sie das Geld in Milchkannen, und sie ließen es sich lange Zeit verdammt gut gehen. Schlimm nur, dass sie auf der Flucht im Pfälzer Wald einen Hüttenwirt erschossen haben. Das hätte nicht sein müssen. Und auch nicht der Polizistenmord bei einem späteren Banküberfall. Na ja, und die Hälfte seines Lebens hat Kimmel schließlich im Gefängnis verbracht. So weit wird es bei mir nicht kommen. Ich bin ja ein guter Mensch. Ich brauche auch keinen Ruhm. Also, nicht wirklich. Nur das Geld. Ich werde den Kampf um mein Überleben gewinnen.

Jetzt muss ich nur noch alles minutiös planen. Die Vorbereitung, ich sagte es bereits, ist das Wichtigste. Schritt eins: keine Zeugen, kein Mittäter. Niemand wird eingeweiht. Schritt zwei: die Bank. Sie muss in der Nähe einer Autobahnauffahrt sein. Ich werde die Autobahn zwar sicher nicht nutzen, aber die Polizei könnte alle Auffahrten ratzfatz sperren, und so binde ich dann mehrere Polizeiwagen und Beamte. Diesen Trick habe ich aus dem Internet von einem erfahrenen Bankräuber. Ich bin so dankbar für diese digitale Welt. Schritt drei: Ich muss natürlich vor der Tat unbedingt an meiner Selbstsicherheit arbeiten. Es darf überhaupt kein Zweifel daran bestehen, dass mich nichts und niemand in der Bank aufhalten wird. Aufrechter Gang, Brust raus, Schulter breit, ruhige Ausstrahlung. Diese Souveränität wird den Bankangestellten Respekt einflößen. Kein Wort werde ich sprechen. Niemand soll mich nämlich später an meiner Stimme erkennen können. Dazu werde ich eine abgesägte Schrotflinte in der Hand halten und ganz gelassen einen Zettel über den Schalter reichen. Darauf werden kurze präzise Anweisungen stehen, mit ein paar absichtlichen Schreibfehlern. So machen das die Profis. Angestellte und Polizei werden dann denken, dass ich aus dem Ausland komme. Den Text habe ich schon im Kopf: *Diess ist ein Ühberfall!!! Gäben Sie mindestens 100.000 Euro sons pasiert was Slimmes. Gehfährden sie nicht ihre KundInnen und MitarbeiterInnen.* Sogar ans Gendern denke ich. Ich bin eben wirklich gerissen und zugleich nicht nur ein guter, sondern auch ein korrekter Mann.

Schritt vier: Die Filiale, auch das hat ein langjähriger, erfahrener Bankräuber im Internet hinterlassen, sollte unbedingt am Ortsrand liegen. In größeren Innenstädten kann immer Unvorhergesehenes dazwischenkommen. Dinge, die man nicht beeinflussen kann. Zugleich sollten aber mehrere Kunden in der Bank sein, dann sind die Mitarbeiter gezwungen zu kooperieren, ohne die Menschen zu gefährden. Zu groß darf die Bank natürlich nicht sein. Maximal fünf Angestellte, damit ich alle und alles im Blick behalte. Ich denke halt voraus und bin ein verdammt schlauer Bankräuber.

An einem Novembertag passiert es. Trist und grau. Schlechtes Wetter ist optimal. Der Spätherbst ist perfekt. Jetzt ist es draußen früh dunkel, und nur wenige Menschen sind auf der Straße unterwegs. Dann muss alles schnell gehen. Sehr schnell. Bestimmt wird trotz meiner Drohung jemand heimlich den Alarmknopf drücken, und wenn ich dann zu viel Zeit brauche, kommt die Polizei, ehe ich die Bank verlassen habe, und ich bin verloren. Maximal vier Minuten bleiben mir, bevor ich wieder rausgehe. In diesem Moment hasse ich mich plötzlich nicht mehr. Im Gegenteil. Eine klammheimliche Freude steigt in mir auf, und ich spüre Adrenalin. Ist das Lampenfieber? Tief einatmen. In den Bauch. Davon habe ich ja ohnehin genug, also vom Bauch. Ich muss es tun. Ich muss ... ich muss. Es ist doch alles minutiös vorbereitet und geplant, tausendmal im Kopf durchgespielt. Worüber rege ich mich also auf? Ich habe meine Forderung auf einen Briefumschlag geschrieben, habe mein Gesicht geschwärzt, das ist besser, als eine Maske zu tragen, die ich später mühsam entsorgen müsste, ich habe sogar meine alte Bundeswehrjacke noch gefunden. Darin sehe ich heute zwar ein wenig wie eine Presswurst aus, aber sie ist perfekt für diesen Moment, der mein Leben verändern wird.

15 Uhr. Dunst, leichter Regen, fünf Grad. Ich sehe Menschen in das Kreditinstitut laufen. Eine ältere Dame mit

Rollator. Eine jüngere Frau. Sportlich. Vielleicht Anfang zwanzig. Zwei Männer mittleren Alters, in mittelmäßig sitzenden Anzügen, mit Krawatte. Offensichtlich sind sie Kollegen, vielleicht Beamte aus dem nahen Rathaus. Jetzt oder nie. Mein Moment ist gekommen. Raus aus dem Auto. Nur ein paar Schritte im Parkhaus hinunterlaufen. Von dort hatte ich alles im Blick. Rucksack auf. Sonnenbrille auf. Ich kann zwar kaum noch was erkennen, betrete aber dennoch scheinbar gelassen die Bank. Na ja, fast gelassen. Gänsehaut. Dazu ein flaues Gefühl im Magen. Schweißausbruch. Aber jetzt wird der Schauspieler in mir wach. Aufrecht, fester Schritt, dynamisch, Schultern hochziehen, sich breitmachen, souverän und leicht grinsend gehe ich auf den mittleren der drei Schalter zu. Ich bin ja so cool. Zugleich sieht doch bestimmt jeder, dass ich in Wirklichkeit ein guter Mensch bin. Die Frau mit dem Rollator schaut mich irgendwie merkwürdig an. Eine Mischung aus Fragezeichen und Verachtung. Jetzt bloß keine Schwäche zeigen. Ein wenig fühle ich mich wie Butch Cassidy und Sundance Kid in einer Person. Ich spiele hier eine Art Doppelrolle. Bin so gut wie die zwei Westernhelden. Mindestens. Tatsächlich verlaufen die nächsten Minuten mechanisch ab, wie in einem Film. Der junge Mann hinter dem Schalter schaut mich mit großen Augen an. Könnte ein Azubi sein. Blass, randlose Brille, schmale Krawatte. Weiß er, was jetzt passiert? Er schaut mir ins Gesicht. Ich bleibe lässig. Er mustert mich, guckt auf meine Jacke, und dann fällt sein Blick auf den Briefumschlag und meine Botschaft. Fragend und – schmunzelt der etwa? – leicht die Lippen verziehend, schaut er mir tief in die Augen.

Ist das Angst? Verwunderung? Mist! Ein kleiner Fehler ist mir unterlaufen. Ausgerechnet jetzt muss er mir passieren. Der Briefumschlag liegt mit der Rückseite nach oben. Ich muss kurz laut werden. Das wollte ich eigentlich unbedingt vermeiden. Aber ich bin zum Glück auch schlagfertig. In perfekt gebrochenem Deutsch sage ich: »Chrumdrähen. Anderes Seite.« Ich staune selbst über meine Kaltschnäuzigkeit. Er dreht den Umschlag um, wirkt weiter gelassen und auch irgendwie fast belustigt.

»Was gibt es da zu lachen?«

»Ähm, nichts.«

Ich stammele ein »Dawei, dawei« und ärgere mich doch auch etwas über mich selber. Egal, der junge Mann hinter dem Schalter packt bündelweise Scheine in meinen hochgehaltenen Rucksack. Es läuft. Na ja, 100.000 Euro sind es sicher nicht, aber besser als nix. Ich versuche mitzuzählen. Schätze mal, etwa 8.000 Euro landen im Rucksack.

»Das ist alles«, sagt der Azubi mit der kantigen Brille. Ich denke, dann muss ich halt noch mal wiederkommen, aber die Rente ist jetzt schon mal wenigstens etwas sicherer. Ich verschnüre meinen Rucksack, hebe meine abgesägte Schrotflinte in die Höhe und führe den linken Zeigefinger an meinen schmallippigen Mund. »Pssssst«, zische ich und demonstriere mit der Waffe so etwas wie: *Sonst knallt's*. Weil ich aber wirklich ein guter Mensch bin, verlasse ich umgehend und wortlos die Bank, höre, wie sich beim Rausgehen die Türe hinter mir leise schließt, und vernehme lautes Lachen. Kommt das aus der Bank? Lachen die über mich? Kann das sein? Warum sollten sie? Ich war cool. Ich war souverän. Es war der perfekte Bankraub, wie gewünscht. Ich bin mehr als zufrieden. Es lief fast exakt so wie geplant.

Aber jetzt: nix wie weg. Schnell ins Auto. Bundeswehrjacke ausziehen. Mit Feuchttüchern die Farbe aus dem Gesicht wischen. Sonnenbrille runter. Hornbrille auf. Jetzt bin ich der ältere unscheinbare Herr auf dem Weg zum Wandernachmittag. Wunderbar.

Ich gebe verhalten Gas. Fahre vorschriftsmäßig. Mit Tempo 30 biege ich um die Ecke und höre von weitem ein Martinshorn. Sehe ich schon Blaulicht? Sie sind – wie erwartet – keine fünf Minuten nach meiner Meisterleistung an der Bank. Aber ich bin schneller. Bevor die Polizei eintrifft, bin ich weg. Wahnsinn. Innerlich noch voller Adrenalin, äußerlich der lässigste Mann der Stadt. Und jetzt ab in Richtung Donnersberg.

Nur fünf Kilometer sind es mit dem Auto. Einparken am Wanderparkplatz in Dannenfels. Wanderschuhe an, Fleecepulli über das karierte Hemd ziehen, Rucksack mit dem kleinen Vermögen über die Schulter werfen und rauf zum Adlerbogen, dem Wahrzeichen des Berges. Ein mächtiger Adler aus Metall, der auf einem breiten Rundbogen seine Flügel ausbreitet. Erhaben steht dieses Denkmal mitten im Berg. Dort werde ich die traumhafte Weitsicht genießen, um die aufregendste Stunde meines Lebens langsam sacken zu lassen. So ist der Plan.

Eine gute Stunde dauert der Fußmarsch. Unterwegs treffe ich ein junges Pärchen. Wie gehofft. Mein Alibi. Es klappt wirklich alles. Wir grüßen uns. »Na, habt ihr euch verlaufen bei diesem miesen Wetter?«, frage ich scheinbar interessiert.

Wanderer sind freundliche Menschen. Eine Community. Sie nehmen ein Gespräch dankbar an.

»Nein, wir wollten einfach mal auf das Dach der Pfalz, den höchsten Flecken der gesamten Region. Wir waren auf dem Königsstuhl, einem Felsen, fast 700 Meter hoch. Es war wunderbar. Trotz der schlechten Sicht ein Erlebnis. Und selbst?«

Auf diese Frage bin ich vorbereitet. Ich habe darauf sogar gewartet. Die Antwort muss sitzen, sodass mich die beiden nicht mehr vergessen werden. Sie sind ja meine Zeugen, falls mich, warum auch immer, doch jemand verdächtigen sollte.

»Ich«, sage ich breit grinsend, »ich suche das Glück.«
»Wie bitte?«
»Das Glück. Ich glaube, dass ich es hier finde. Wenn man die Uhr beiseitelegen kann und einfach seine Gedanken treiben lässt, dann ist das Glück. Ich brauche heute eine Dosis davon. Vom Glück.«

Die beiden lächeln ein wenig verkrampft. Sie halten mich und meine auswendig gelernte Poesie bestimmt für sehr merkwürdig, aber genau das ist ja mein Plan, und er geht mal wieder auf. Vergessen werden sie mich so schnell nicht mehr. Wir tauschen Visitenkarten aus – ich brauche ja ihre Adressen als Alibi – und gehen wieder getrennt unserer Wege. Alles richtig gemacht, eben wie der Al Capone von der Pfalz, der große Kimmel damals in den 60ern. Genau wie er hetze ich jetzt durch den Wald. Nur muss ich vor nichts und niemand flüchten. Ich bin glücklich. Beschwingt. Ich kann gar nicht glauben, wie reibungslos alles geklappt hat. Und das beste: Ich hasse mich nun überhaupt gar nicht mehr!

Alles lief so glatt, so schmerzlos, so exakt, wie ich es minutiös vorbereitet hatte. Ich bin ein Held! Der freundliche Robin Hood 2.0. Ich nehme es von den Reichen, also der Bank, und gebe es dem Armen, also mir. Ja, ich bin ein guter Mensch.

In aller Ruhe genieße ich noch meinen restlichen Wandertag. Der Adrenalinspiegel sinkt. Der Genuss steigt. Das Leben beginnt wieder. Ich freue mich auf die Zukunft, erreiche den Adlerbogen, lasse mich auf die Holzbank fallen, hole eine Käsestulle aus dem Seitenfach des Rucksacks und genieße diesen einzigartigen Moment. Eine gute halbe Stunde bleibe ich sitzen, dann ein letzter Blick durch den Adlerbogen auf das unendlich erscheinende Pfälzer Paradies. Sie hat was Göttliches, die Pfalz von oben. Und ich bin Zeus, der Göttervater, ich throne auf dem Olymp. Dann verlässt der »Kimmel vom Donnersberg« das Dach der Pfälzer Welt. Oha. Ich rede von mir bereits in der dritten Person. Ich muss es geschafft haben und sehe schon die Schlagzeilen in der *Rheinpfalz*. Überregionaler Teil. Mindestens Südwestdeutsche Seite. *Freundlicher Bankräuber erbeutet beträchtliche Summe.* Oder: *Kimmel ist zurück.* Vielleicht aber auch: *Das perfekte Verbrechen – wer ist der geheimnisvolle Räuber?* Nur ich kenne die Wahrheit. Beseelt von mir selbst steige ich noch vor Einbruch der Dunkelheit den Berg wieder hinunter.

Mein Auto ist das letzte Fahrzeug auf dem Wanderparkplatz. Alle anderen Naturfreunde sind an diesem trüben Novembertag längst wieder daheim. In aller Ruhe steige ich ein, drehe den Zündschlüssel rum und fahre los. Nur einige wenige Kilometer sind es bis zu meiner Wohnung, und ich freue mich schon auf ein Glas vom guten Wein aus dem Zellertal. Hab ich mir verdient. Kann ich mir auch leisten. Jetzt. Alles ist gut. Vielleicht lade ich sogar meine Nachbarn auf ein Gläschen ein. Es gibt ja was zu feiern, nur was, werde ich natürlich nicht verraten. In wenigen Augenblicken wird aus dem Meisterdieb wieder der gute Mensch von Dannenfels. Dann reden wir über den FCK, schimpfen wie die Rohrspatzen, schwärmen von Fritz Walter und sagen, das letzte Gegentor war abseits. Ich lächle leicht, als ich vor der Haustür den Wagen verlasse, meinen Rucksack vom Rücksitz greife und zum Eingang schreite – nicht gehe, ich schreite! Und dann DAS! Was passiert da? Wie aus dem Nichts legt sich eine Hand auf meine linke Schulter. Eine fremde, feiste, große Hand. Ich erschrecke zu Tode. Das kann man doch nicht machen. Sich einfach anschleichen und einen ungefragt von hinten einfach so überfallen. Mir käme so etwas niemals in den Sinn. Dazu bin ich ein viel zu guter Mensch. Ich fröstele, spüre eine Gänsehaut auf meinem Körper. Zittere ich? Ganz langsam drehe ich mich herum und schaue in das Gesicht eines mir völlig fremden Mannes. Kräftig, etwas untersetzt. Vollbart. Ich erschaudere. Noch schlimmer: Er ist nicht alleine. An seiner Seite steht ein zweiter Mann. Beide sind so Mitte vierzig, und sie lächeln. Unverschämt. Arrogant. Überheblich, aber auch überlegen. Gegen die beiden bin ich chancenlos. Ich beginne, innerlich zu resignieren.

»Dürfen wir mal in Ihren Rucksack schauen?«

Nein, dürft ihr nicht. Ich habe hart dafür gearbeitet – das würde ich so gerne sagen, tue es aber nicht. Stattdessen ergebe ich mich und übergebe den beiden Herren ohne Gegenwehr und ohne Worte mein Diebesgut.

»Mein Name ist Peters, Kripo Kaiserslautern, und das ist Kollege Meier. Meier mit Ei wie ... Sie wissen schon, Ei wie Eier.«

Soll ich jetzt lachen? Mir ist nicht nach lachen. Ich bin ein guter Mensch. Mit der Polizei hatte ich noch nie etwas zu tun. Mit der Kripo schon mal gar nicht. Die Gedanken schießen mir durch den Kopf: Was wird aus meinem guten Wein aus dem Zellertal? Mit wem werde ich heute Abend feiern, und vor allem: WAS? LIEF? FALSCH?

Die beiden Beamten werfen nur einen kurzen Blick in meinen Rucksack. Die übriggebliebene Käsestulle interessiert sie nicht. Stattdessen holen sie ein paar Geldbündel hervor, und schon spüre ich, wie Handschellen klicken. Ganz eng um meine Gelenke.

»Sie müssen mitkommen.«

»Wohin?«

»Ins Polizeipräsidium nach Kaiserslautern«, höre ich einen der beiden noch sagen, dann wird alles um mich herum irgendwie taub und dumpf.

Nicht viel später beschleicht mich das ungute Gefühl, dass mein Ruhestand so ganz anders verlaufen wird, als ich es mir ausgemalt habe.

In der Nacht mache ich kein Auge zu. Ich laufe in meiner Zelle auf und ab. Mein Kopf platzt vor Fragezeichen. Wo war der Fehler in meinem Plan? Wer ist mir wie auf die Schliche gekommen? Und vor allem: Warum ging das alles so schnell?

Am nächsten Morgen bringt mich ein Beamter zum Verhör. Kommissar Peters sitzt mir nun in einem schmucklosen Raum gegenüber. Er schaut mich an, sagt lange kein Wort, grinst vielsagend, und dann kommt eine Frage, die ich in meinem ganzen Leben nicht mehr vergessen werde: »Wie blöd kann man sein?«

Ich schaue mich um, aber da ist niemand. Er meint tatsächlich mich und schiebt mir genüsslich die aktuelle *Rheinpfalz* über den Tisch. Ausgabe Donnersberg. Lokalteil. Überschrift: *Der wohl schlechteste Bankräuber aller Zeiten.* Dazu sehe ich ein mieses Foto von mir, mit einem schwarzen Balken vor den Augen. Ach, du meine Güte. Meine Nachbarn werden mich trotzdem erkennen! Was werden sie von mir denken?

»Sie müssen gar nicht den gesamten Bericht lesen, ich fasse das Wesentliche gerne kurz zusammen«, sagt Peters. »Nehmen Sie es als Ratschlag, um beim nächsten Mal etwas schlauer vorzugehen.«

Was meint er?

Dann beginnt er aufzuzählen, und mir wird übel. »Erstens sollten Sie niemals eine Bank überfallen in einer alten Bundeswehrjacke, auf der noch Ihr Name steht.«

Oh ja, verflixt, stimmt. Daran hatte ich gar nicht gedacht.

»Außerdem sollten Sie auf keinen Fall Ihre Geldforderung auf einen Briefumschlag schreiben, auf dessen Rückseite Ihre Adresse steht.«

Hm ja, da hat er auch irgendwie recht.

»Und schließlich: Wenn Sie Ihr Gesicht schwärzen, dann nicht mit einem Permanent Marker. Die Farbe geht nämlich nicht mehr ab. Ein junges Wanderer-Pärchen konnte uns Ihr schwarzes Gesicht jedenfalls sehr genau beschreiben und übergab uns auch gleich Ihre Visitenkarte mit allen Daten und Ihrer Adresse.«

Mann, verdammt, wie ärgerlich.

»Ist die Farbe immer noch drauf?«, frage ich.

»Selbstverständlich.«

Und da ist er plötzlich wieder, der Moment, in dem ich beginne, mich zu hassen.

Survival-Training

CAROLA CLASEN

Das Wandern in der Gruppe macht doppelt so viel Spaß. Es ist aber auch viel sicherer, als sich allein auf einen unbekannten Weg zu machen. Sollte man meinen …

Sie waren zu fünft. Ingo und Alex, Angela und Britta, Studenten der Psychologie aus Aachen. Und Bernard. Sie diskutieren unter ihren Kapuzen, die Hände tief in den Jackentaschen vergraben, und setzen ihre Stiefel in unberührten Schnee. Der Himmel über ihnen am Ende der Baumwipfel ist frostig blau und wolkenlos. Er verspricht einen schönen Januartag, und sie haben Bernard lange nicht gesehen. Es gibt viel zu erzählen.

Bernard ist ein Ex-Kommilitone und hat sie hierher ins Hohe Venn, das er »Hautes Fagnes« nennt, zu einer Schneewanderung eingeladen. Er hat sein Studium vor einem Jahr an den Nagel gehängt und ist in seinen Heimatort Rocherath zurückgekehrt, wo er heute Morgen zu ihnen ins Auto gestiegen ist.

Er macht jetzt Survival-Training für Städter hier im Grenzgebiet, sagt er. Im dichten Rocherather Forst lehrt er sie, Indianertipis zu bauen, eine Toilette als Hochsitz zwischen Fichtenstämmen zu errichten und unter einem Wassersack zu duschen, hinter aufgespannten Zeltplanen mit eiskaltem Wasser, während Eichelhäher über ihnen krächzen. Er zeigt ihnen, wie man Wasser in einem Eimer mit geschichteten Lagen aus Stoff, Sand und Gras reinigt und wie man Feuer macht, mit Feuerstein und Zunderschwamm. Alles ohne Telefon, Mikrowelle, Zentralheizung. Die Städter zahlen viel Geld für diesen Kick.

»Sie sind ganz andere Menschen, wenn sie sonntags zurückfahren«, schwärmt Bernard, und seine Augen leuchten seltsam.

Die Freunde sind begeistert und fragen ihn aus. Nur Britta zieht ihn auf, jetzt nichts als ein besserer Animateur zu sein, und auch damit, dass er wieder mehr Wert auf seinen belgischen Akzent legt, wahrscheinlich um den Teilnehmern wenigstens einen Hauch von Abenteuer und Fremdsein zu vermitteln.

Doch er verteidigt sein neues Leben. »Voilà! Immer noch besser als Taxi fahren!«

Britta findet, dass er einfach lächerlich in seiner dick wattierten, neongelben Jacke aussieht, wie ein Teletubby. Für die Freunde aus der Stadt hat er reflektierende Klettbänder mitgebracht, die er auf ihre Rücken, Arme und Jackentragen klebt. »Das kann Leben retten.«

»Du übertreibst, wie immer.« Britta reißt die Streifen wieder ab und lässt sie in den Schnee fallen. Bernard hebt sie auf, rollte sie sorgsam auf und steckt sie kopfschüttelnd in seine Tasche.

Später deutet er Tierspuren, Vogelschreie und kaut kleine hellgrüne Blattspitzen, die aus dem Schnee hervorkommen. Er hat schon immer etwas Missionarisches gehabt, denkt Britta und mustert sein hageres Gesicht. Er ist dünner geworden, seitdem er Survival-Trainer ist, und wirkt irgendwie gehetzt.

Sie war gegen diesen gemeinsamen Sonntagsausflug nach Belgien gewesen, sie würde lieber zu Hause eingemummelt auf dem Sofa liegen und lesen. Aber Angela hatte sie überredet. Angela ist ihre Freundin, sie wohnen zusammen in einer kleinen Altbauwohnung in der Johanniterstraße.

Angela bleibt plötzlich stehen und sagt: »Britta, warte auf mich. Ich muss mal.«

Die anderen gehen langsam weiter. Angela stapft gebückt ins Unterholz, während Britta von einem Fuß auf den anderen tritt. Die Sohlen ihrer Schuhe sind dünn und viel zu glatt. In Aachen bei ihrer Abfahrt hatte kein Schnee gelegen. Trotzdem hatten die anderen schwere Stiefel angezogen.

Als immer noch keine Geräusche aus dem Unterholz kommen, sieht sie sich um und ruft nach Angela. Aber sie bekommt keine Antwort. Die anderen sind schon hinter der nächsten Wegbiegung verschwunden. Britta wird unruhig, die Kälte kriecht die Beine herauf. »Nun mach schon! Wir werden die Männer verlieren!«

Aber nichts kommt aus der Richtung, in die Angela gegangen ist. Britta folgt ihren Spuren im Unterholz. Sie enden hinter einem Schlehenbusch, der dunkelblaue Beeren trägt. Da ist eine zertrampelte Stelle. Aber der Schnee ist nirgendwo gelb. Und keine Spuren führen von dort weg und Angela ist nicht zu sehen. Britta ruft wieder ihren Namen.

Eben hat Bernard noch über den alten Trappertrick gesprochen, rückwärts in den eigenen Spuren zu gehen, und alle haben darüber gelacht. So ein Blödsinn. Bernard ist mit den anderen beiden hinter der Wegbiegung verschwunden. Wieso merkt niemand, dass zwei fehlen? Wieso hören sie nicht Brittas Rufe?

Britta geht zum Auto auf dem Wanderparkplatz zurück, nicht rückwärts, sondern neben ihren Spuren von vorhin. Aber dort ist Angela auch nicht. Die Autoscheiben sind von einer dünnen Eisschicht überzogen. Sie rüttelt an den Türen, vergeblich, natürlich. Sie hat keinen Schlüssel, es ist Ingos Auto. Wütend tritt sie gegen die Vorderreifen.

Ein paar Meter weiter steht ein hellgrauer Renault mit belgischem Nummernschild, der ihr bei ihrer Ankunft nicht aufgefallen war.

Hier zu warten, bis die anderen endlich von ihrer verdammten Schneewanderung zurückkommen, würde sie zu Eis werden lassen. Also läuft sie los, den gleichen Weg bis zur Wegbiegung, hinter der die Freunde verschwunden waren. Dort trennen sich die Spuren im frischen Schnee, links führt eine in den Wald hinein, rechts eine auf eine Anhöhe. Warum haben sie sich getrennt?

Britta wählt die rechte, nicht aus einem bestimmten Grund, sie ist so gut und so schlecht wie die linke. Oder hat sie doch gehofft, auf der Anhöhe einen Überblick zu haben? Sie weiß es nicht mehr. Aber auf der Anhöhe hören die Spuren auf, einfach nur so, mitten auf dem Weg. Und einen Überblick hatte sie dort auch nicht, die Lichtung ist nur ein kleiner Buckel, und dann folgen wieder hohe dunkle Fichtenreihen. Die rechte Spur ist also die falsche.

Ein Gedanke überfällt sie: Und wenn sie sie findet, gleich oder später, wie soll sie ihnen erklären, dass sie Angela verloren hat? War sie nicht bei ihr stehen geblieben, damit sie nicht allein ist, damit nichts passiert?

Britta läuft die Anhöhe hinab und nimmt die linke Spur in den Wald. Die linke Spur ist ebenso falsch, endet abrupt vor einem Baum. Sie sieht sogar den kahlen Baumstamm hinauf bis in den bewachsenen Wipfel, als könnte sich dort oben jemand verstecken. Verzweifelt rüttelt sie an dem Stamm, der unbeweglich ist. Harz bleibt an ihren Händen kleben.

Dann rennt sie atemlos zurück zum Wanderparkplatz. Sie will jetzt doch lieber dort warten, sicher ist sicher. Ihr ist heiß vom Laufen, das wird eine Weile vorhalten.

Aber da steht kein einziges Auto mehr, auch nicht der Renault aus Belgien. Die Reifenspuren der beiden Autos führen auf die Durchgangsstraße und vermischen sich dort mit den bereits vorhandenen.

Wie konnten sie ohne sie wegfahren? Ohne Britta und Angela?

Es ist so verdammt still, als sie den Atem anhält und in den Wald hineinhorcht. Die große Stille und Einsamkeit, die sie in der Gruppe nicht wahrgenommen hat, ist auf einmal bedrohlich. Britta fühlt sich bedrängt, eingeengt. Angst kommt von Enge, und man kann sie nur von innen heraus vertreiben und bekämpfen, Angst wächst im Kopf – ein Thema ihrer Semesterarbeit – wie leicht es sich darüber reden lässt in einem vollen, beheizten Hörsaal, in dem Licht brennt. Aber hier?

Britta stellt sich an die Durchgangsstraße und wartet auf ein vorbeifahrendes Auto, das sie nach Rocherath bringen kann.

Aber auch nach zwei Stunden hat sich immer noch kein einziges Auto genähert. Rocherath ist mehr als einen Fußmarsch entfernt, rechts oder links die Straße hinunter, sie weiß es nicht, und sie ist genug gelaufen.

Sie ist müde, nur noch müde. Die Müdigkeit wird schlimmer als die Kälte und die Angst. Und Bernards Rat fällt ihr wieder ein. Wenn man hier im Schnee einschläft, wird es gefährlich. »Du wachst nicht mehr auf.« Sich an einen Baumstamm zu lehnen und, wenn möglich, sogar daran festzubinden, der Baum gibt Wärme ab, und zu versuchen, sich mit trockenem Laub zu bedecken, könnte das Leben retten. »Sonst kommt der große Bruder des Schlafes.«

Tolle Idee, denkt Britta wütend, sie flucht und lacht plötzlich laut auf. Ihre Stimme hört sich hohl an und fremd und sie erschrickt. Ein Echo lacht höhnisch zurück.

Sie geht ein Stück zurück an den Waldrand, um wenigstens eine Sitzgelegenheit zu finden. Irgendwann fallen ihre Augen zu, sie rutscht von dem kleinen Baumstumpf und rollt sich im Schnee zusammen, zieht die Kapuze bis über die Stirn. Später glaubt sie im Halbschlaf Rufe zu hören, sie hat jedes Zeitgefühl verloren. Sie schafft es nicht mehr, sich bemerkbar zu machen. Arme und Beine sind schwer wie Blei, und als sie den Mund öffnet, kommt kein Ton heraus.

Aus den Augenwinkeln fällt ihr auf, dass ihre neue Winterjacke fast so grün ist wie der Zweig, der dicht und schwer über ihr hängt. Tannengrün. Ihre Lieblingsfarbe. Ein paar Tropfen Schneewasser lösen sich zögernd aus den Nadeln und fallen auf sie herab, dann wird alles schwarz um sie.

GRENZ ECHO
Mittwoch, 19. Januar 2000

PSYCHOPATH ENDLICH GEFASST.

Der seit drei Wochen flüchtige Bernard Sommel, Patient der Geschlossenen Psychiatrischen Abteilung der Universitätskliniken Lüttich, wurde gestern in der Nähe von Bütgenbach bei einer routinemäßigen Verkehrskontrolle zusammen mit einem Komplizen gefasst. Die beiden Männer hatten bei der Festnahme drei Studenten aus Aachen in ihrer Gewalt, die sie mit Jagdmessern bedrohten. Einer der glücklich Befreiten sagte aus, es habe auch die 24-jährige Britta K., ebenfalls aus Aachen, zu der kleinen Gruppe gehört, die von Sommel zwei Tage lang in Schach gehalten wurde. Sie trägt eine dunkelgrüne Winterjacke, Jeans und schwarze Lederschuhe. Sie hat hellblondes Haar, trägt eine Brille und ist ca. 170 cm groß. Zuletzt wurde sie von ihren Freunden gesehen im Rocherather Wald, am Sonntag, den 16. Januar 2000, gegen vierzehn Uhr.

Sommel und sein Komplize bestreiten allerdings, dass noch eine weitere Person im Spiel war. Neue Schneefälle haben die Suche der Polizei nach der Vermissten erschwert.

Hinweise nimmt jede Polizeidienststelle entgegen.

Jens Müller schaute sich neugierig um. Das Büro sah ganz anders aus als das, was man regelmäßig im Fernsehen sah. Es hatte mehr Ähnlichkeit mit seinem Zimmer in der Stadtverwaltung. Ein Arbeitsraum, zweckmäßig, unpersönlich austauschbar. Keine privaten Gegenstände verrieten etwas über die Besitzer der beiden Schreibtische, keine Familienfotos, keine individuellen Bilder an der Wand. Nur ein Jahreskalender, zwei Kunstdrucke ohne erkennbares Motiv und ein Poster der Polizeigewerkschaft an der Tür. Gerade als er sich darauf konzentrieren wollte, bewegte sich die Klinke.

Müller atmete einmal tief durch. Es ging los. Er kannte seine Rolle, es war die Rolle seines Lebens.

»Guten Tag, Herr Müller. Hauptkommissar Gerster. Und das hier ist mein Kollege Baumann. Ich würde Ihnen gern ein paar Fragen stellen.«

»Bitte, ich hab aber Ihrer Kollegin eben schon alles gesagt.«

»Mhmm ... ich würde mir da gern ein eigenes Bild machen. Also, Sie haben angegeben, dass Sie mit Ihren Freunden auf dem Traumpfad zwischen Kell und dem Laacher See gewandert sind. Gehen Sie öfter zusammen wandern?«

»Nein, bisher nie. Und wir sind übrigens mehr als nur ein paar *Freunde*.«

»So?«

»Jawohl, wir gehören alle den PFO an.«

»PFO?«

»PFO – Pilz-Freunde Osteifel ...«

»Pilsfreunde – mal'n Bierchen am Stammtisch zusammen zischen ...«

»Baumann!«

»'tschuldigung, Chef.«

»Sie haben mich falsch verstanden. Wir beschäftigen uns nicht mit Bier, sondern mit der Mykologie. Der Wissenschaft über die eukaryotischen Lebewesen, die Fungi.«

»Fungi? Kenn ich von der Pizza. Heißt das, Sie haben was mit Pilzen zu tun?«

»Äh ... nun ja, wenn Sie das so banal für sich zusammenfassen wollen, Herr Baumann.«

»Augenblick, nur, damit ich das verstehe, Sie sind mit Ihren Pilzfreunden den Traumpfad entlanggewandert, und dabei haben Sie Pilze gesucht?«

»Ja und nein. Also eigentlich begann das alles schon vor zwei Wochen ...«

Zwei Wochen vorher ...

»Der Hut jung kegelig, die Lamellen reinweiß. Zusammen mit dem sehr langen, gleich dicken Stiel war ohne Zweifel klar, welchen Burschen ich da vor mir hatte – ihr ahnt es schon?«

Lutz Breuer schaute gespannt seine beiden Freunde, Jens Müller und Thomas Rodder, an.

Plötzlich hellte sich ein Gesicht auf – Thomas Rodder schlug mit der flachen Hand auf die Tischplatte.

»Aber natürlich, du hast ohne Zweifel einen wurzelnden Schleimrübling vor dir gehabt, *Xerula radicata*! Vorkommen: eher einzeln in einem Buchenwald, und – lass mich überlegen – hättest du ihn angeschnitten, hätte er stark geschleimt.«

Lutz Breuer nickte anerkennend.

»Mensch, Thomas, du bist einfach nicht zu schlagen. Dabei hab ich mir wirklich eine harte Nuss ausgesucht«, lobte Breuer.

»Nun ja, gelernt ist gelernt«, wiegelte Rodder geschmeichelt ab.

Wie jeden Montag saßen sie im *Bärenkrug* an ihrem Ecktisch und fachsimpelten über Pilze. Thomas Rodder, groß, hager, sah man den Oberstudienrat Biologie schon auf zehn Meter an. Jens Müller war Angestellter in der Stadtverwaltung. Mit seiner Hornbrille, dem akkuraten Seitenscheitel und den stets gleichen hellblauen Oberhemden wirkte er geradezu farblos neben Lutz Breuer. Breuer hatte das Haar mit Gel modisch verwirbelt und trug ein fliederfarbenes Polohemd, auf dem gut sichtbar das Logo einer teuren Edelmarke prangte. Von Beruf Firmenerbe, von seiner Berufung her Held jedes Schützenfestes im weiten Umkreis – der Charmeur in der Runde.

So unterschiedlich die drei Männer auch äußerlich waren, eine gemeinsame Leidenschaft einte sie: Pilze.

Thomas Rodder nahm einen großen Schluck aus seinem Bierglas, bevor er fragte: »Hab ich euch schon von der Frau letzte Woche erzählt, die bei uns zu Hause geschellt hat? Muss wohl von Rita erfahren haben, dass ich mich mit Pilzen auskenne. Ich sitze also am Esstisch und blättere in der *Rhein-Zeitung*, Rita werkelt in der Küche, als es klingelt. Vor der Haustür besagte Dame. Ganz ansehnlich, ordentlich gefüllte Körbchen, und damit meine ich jetzt nicht ihre Pilzkörbe – höhö.« Rodder zwinkerte den beiden anderen zu. »Jedenfalls hat sie doch tatsächlich eine Unmenge von Riesen-Rötlingen dabei. Riesen-Rötlinge, *Entoloma sinuatum*. Und was sagt sie?« Rodders Stimme wechselte in eine höhere Oktave. »Ach, ich dachte, das wären junge Graukappen. Herrschaften, Graukappen! Mal abgesehen davon, dass Graukappen auch kein wirklicher Genuss sind, bei dem Geruch. Die Ernte jedenfalls war weg, ich habe beide Körbe konfisziert. Himmel, die wäre ja tagelang nicht mehr von der Toilette weggekommen. Und sie wollte mir nicht glauben, dass sie einfach darauf hätte achten müssen, dass der Riesen-Rötling niemals rosa gefärbte Lamellen hat. Um nur eins der Merkmale zu nennen.«

Thomas Rodder lächelte zufrieden, als Lutz und Jens anerkennend auf die Tischplatte klopften.

»Sie hatte noch ein paar Glimmerschüpplinge dabei, die habe ich ihr natürlich gelassen, da kann man ja nun wirklich nichts falsch machen, auch als Laie nicht.«

Rodder lächelte selbstzufrieden. Lutz Breuer nutzte die Pause und fragte: »Sag mal, Jens, mit unserer Wanderung ist doch alles klar, oder?«

Jens Müller schob die Hornbrille hoch und nickte. »In zwei Wochen geht's los, ich habe schon organisiert, dass wir mit zwei Autos zum Parkplatz vom *Höhlen- und Schluchtensteig-Traumpfad* fahren.«

»Wandern hatten wir ja noch nie. Aber zu anstrengend wird das doch nicht, oder?« Lutz fuhr sich mit der Hand lässig durchs Haar. »Ich hab am Montag drauf ein wichtiges Tennismatch, da kann ich mir keinen Muskelkater leisten.«

»Oh, nein, ich denke, das ist gut zu schaffen: 12,1 Kilometer lang, 405 Höhenmeter, Zeit insgesamt drei bis vier Stunden bei mittlerem Schwierigkeitsgrad.«

Thomas Rodder lachte bei der Aufzählung. »Mensch Jens, haste auch schon die einzelnen Abzweigungen auswendig gelernt?«

Müller ersparte sich eine Antwort. Sollte er zugeben, dass er sich den Streckenverlauf ihrer Wanderung natürlich schon ausgedruckt und laminiert hatte? Wohl kaum, auf den Spott konnte er verzichten.

»Aber mal ein ganz anderes Thema.« Lutz Breuer senkte die Stimme. »In der Woche nach der Wanderung ist es doch so weit? Dann ist das Jahr endlich um.«

»Stimmt, Lutz, du hast recht. Junge, dann können wir ja alle Mann ordentlich feiern«, bestätigte Rodder. Und an Jens gewandt fragte er: »Du kümmerst dich doch um den ganzen Papierkram?«

Jens Müller nickte stumm. Ja, um den Papierkram musste er sich immer kümmern, er, der kleine Verwaltungsangestellte, hatte schließlich ein Händchen für Formulare und Anträge.

»Na, dann Prost!« Rodder hob sein Bierglas und stieß mit den beiden anderen an. »Auf unser Erbe, auf 250.000 Euro für die PFO.«

Als Jens Müller an diesem Abend nach Hause ging, konnte er nur schwer einen klaren Gedanken fassen, und das lag nicht an den drei großen Bieren, die er getrunken hatte. Hermann-Josef Merschbach, der steinreiche Gründer der Pilz-Freunde Osteifel, war vor gut einem Jahr gestorben und hatte in seinem Testament verfügt, dass seine Freunde 250.000 Euro erhielten. Geld, das für den Kauf und Ausbau eines kleinen Vereinsheims genutzt werden sollte. Merschbach wollte sich damit wohl selber ein Denkmal setzen. Ende des Monats war es so weit. Zuerst hatte es gedauert, bis das Geld zur Verfügung stand, und dann hatten die Pilz-Freunde beschlossen, am ersten Todestag ihres verstorbenen Freundes das Geld ganz offiziell anzunehmen und zu nutzen. 250.000 Euro – eine stolze Summe. Jens Müller begann zu schwitzen. Eine Viertelmillion – sein Problem war, dass es die ersten 50.000 Euro davon schon nicht mehr gab.

Im Polizeipräsidium

»Sie sagen also, dass Sie an diesem Abend mit den übrigen Pilzfreunden im Gasthof *Bärenkrug* zusammengesessen haben?«

»Ja, wobei wir diesmal nur zu dritt waren, eigentlich sind wir sieben: Thomas Rodder, Lutz Breuer, Uli Wagner, Jörg Miesbach, Thorsten Heinzel, Manni Brescher und meine Wenigkeit.«

»Die anderen Herren waren an diesem Abend nicht dabei?«

»Nein, da gab es wohl ganz unterschiedliche Gründe, das passiert schon mal.«

»Ähm, und in dieser feuchtfröhlichen Pilzrunde stellen Sie sich dann gegenseitig solche Pilzrätsel?«

»Wir erweitern unseren Wissensschatz. Nur so bleiben wir auf dem Laufenden, Herr Baumann. Im letzten Winter musste ich einem Bekannten aus der Finanzabteilung einen Gifthäubling praktisch unter der Nase wegreißen. Der hatte doch tatsächlich gedacht, er hätte da einen Samtfußrübling vor sich.«

»Ja, schon gut, aber noch einmal zurück zu besagtem Abend.« Gerster schaute auf seinen Notizblock. »Sie haben den ganzen Abend nur über die anstehende Wanderung gesprochen?«

»Natürlich, das war das Thema. Schließlich ist unsere gemeinsame Jahresexkursion einer der Höhepunkte unseres Kreises.«

»Soso, und dieser Höhepunkt am Sonntag verlief dann wie genau?«

»Nun, für gestern war ja glücklicherweise alles bis ins Detail geplant.«

Der Sonntag
Glücklicherweise hatte er alles bis ins Detail geplant. In seiner Lage konnte er es sich nicht leisten, dass ihm irgendetwas dazwischenkam. Hätte er nur vor Monaten genauso viel Sorgfalt walten lassen ... Aber dafür war es jetzt zu spät. Am Anfang war es nur eine Zahl auf dem Konto gewesen, für die er verantwortlich war. Klar, Konto und Kasse, wer wollte sich das schon ans Bein binden? Also hatten die anderen ihm diese Aufgabe übertragen. Als dann plötzlich sein Golf überraschend mit einem Motorschaden liegen geblieben war, wusste er nicht, wo er so schnell das Geld für einen neuen Wagen hernehmen sollte. Jahrelang hatte er mit seinem kleinen Gehalt das Pflegeheim für seine Mutter mitfinanziert, große Rücklagen waren da nicht möglich gewesen.

Er nahm sich vor, die 8.000 Euro für die Anzahlung nur kurz vom Erbkonto der Pilz-Freunde zu nehmen. Leihen würde er sich das Geld gewissermaßen. Und ihm blieb ja noch genug Zeit, um es in den kommenden Monaten zurückzuzahlen. Dann aber hatte er in Koblenz Beatrix kennengelernt. Eine tolle Frau, die erste überhaupt, die sich ernsthaft für ihn interessierte. Na ja, nicht für Jens Müller, den Stadtangestellten, aber für Jens Müller, den erfolgreichen Unternehmer. Ausnahmsweise hatte er an jenem Abend mal kleidungsmäßig über die Stränge geschlagen. In den Wochen danach achtete er dann sehr genau auf das, was er trug. Die neue Garderobe, die Restaurants, Geschenke, Schmuckstücke – eines kam zum anderen. Als er schließlich erschrocken feststellen musste, dass die Summe, die er vom PFO-Konto geborgt hatte, längst größer war, als er je würde zurückzahlen können, brach ein Damm. Es kam ja sowieso nicht mehr darauf an. Beatrix war mehr als erfreut über den Wochenendtrip nach Rom gewesen. Er führte von nun an das perfekte Doppelleben: an den Wochentagen Hornbrille, spießige Oberhemden und der Job bei der Stadt, am Wochenende Kontaktlinsen, Cabrio, Schampus und die aufregende Beatrix.

Natürlich wusste er auch, dass es so nicht ewig weitergehen konnte. Spätestens zum Todestag des alten Merschbach würde alles auffliegen. Doch so weit würde er es nicht kommen lassen. Die anderen hatten ihn schließlich jahrelang ausgenutzt, ihre Witze und Späße über ihn gemacht, bereitwillig zugesehen, wie er sich mit Formularen, Konten und all dem langweiligen

Kram abgemüht hatte, den sie selber nicht einmal mit der Kneifzange anfassen wollten.

Oh ja, jetzt war er an der Reihe, jetzt war er auf der Gewinnerstraße, keiner durfte ihm sein neues Leben wegnehmen. In den letzten Tagen hatte er sehr intensiv nachgedacht. Natürlich war ihm klar, dass die PFO aufhören musste zu existieren. Das war bedauerlich, aber Himmel, jeder muss mal sterben. Der eine früher, der andere später. Und wäre der Pilztod nicht ein angemessenes Ende? Doch da gab es ein Problem. Eine Pilzvergiftung lief nun mal nicht so ab, dass man einen Pilz aß und anschließend sofort tot umfiel. Bauchkrämpfe, Erbrechen, Schwindel, die Folgen einer Giftpilzmahlzeit waren vielfältig und vor allem in der Regel durch einen Arzt behandelbar. Nein, er durfte nichts dem Zufall überlassen. Genau deshalb hatte er alles genau ausgetüftelt.

»He, Jens, was ist jetzt? Kommst du oder suchst du noch Karte und Kompass?« Lutz Breuer riss ihn aus seinen Gedanken. Uli Wagner wieherte laut los, sein kugeliger Bauch unter dem Wanderanorak hüpfte auf und ab.

»Komm, lasst den Jens in Ruhe«, nahm Manni Brescher ihn in Schutz. »Aber du könntest jetzt wirklich mal kommen. Da vorne sind die ersten Hinweisschilder, wir können doch gar nicht falsch gehen. Was machst du also da noch?«

»Ich packe das Essen ein, und du kannst gerne tragen helfen.«

Manni lächelte zufrieden, als er die beiden großen Kühltaschen sah, die Jens aus dem Kofferraum holte.

»Jedenfalls kann keiner sagen, du hättest nicht an alles gedacht, mein Lieber. He, Jörg, nimm ihm doch schon mal eine von den Kühltaschen ab. Fehlt noch was, Jens?«

»Ja, die Getränke, die stehen hier auch noch.«

»Thorsten, kannst du mit Uli die Getränke auf die Rucksäcke verteilen? Die Kühltaschen können wir dann reihum tragen.«

»Oder wir essen heute möglichst früh, dann müssen wir nicht so viel schleppen«, schlug Jörg Miesbach vor, erntete für seinen Vorschlag aber nur ein schiefes Grinsen von Manni Brescher.

Es dauerte noch eine Viertelstunde, bevor die Gruppe endlich losgehen konnte. Vom Parkplatz aus führte der Weg ein kurzes Stück an der Landstraße entlang, bevor es einen Feldweg steil bergab ging. Vor ihnen öffnete sich das Pöntertal, auf den sanft abfallenden Streuobstwiesen mit unzähligen alten Apfelbäumen glitzerte noch Tau in der Septembersonne. Jetzt, am Morgen, war es noch kühl, aber ein wolkenloser Himmel versprach einen warmen Spätsommertag.

»Höhlen und Schluchten sehe ich hier aber nicht«, maulte Jörg, nachdem sie eine Weile gegangen waren.

»Wart's ab, wir müssen jetzt erst einmal hier den Feldweg entlang und dann an der Krayer Mühle weiter in Richtung Tönisstein«, erklärte Jens. »Dann geht es hoch nach Kell …«

»Aber da sind wir doch gerade erst durchgefahren«, warf Thorsten ein.

»Willst du jetzt wandern oder Auto fahren?«, wies Thomas ihn zurecht.

»Nein, schon gut, ist ja auch schön hier. Und wie geht es dann weiter?«

»Wenn wir von Kell aus wieder bergab gegangen sind, kommt ein besonders hübscher Teil der Strecke. Wir gehen durch Trasshöhlen und anschließend in die Wolfsschlucht, an deren Ende sogar ein kleiner Wasserfall ist. Spätestens dort sollten wir essen.«

Die anderen nickten zustimmend, nur Uli Wagner grummelte leise: »Rauf, runter, durch Höhlen und in eine Schlucht ... Mensch, ich hab jetzt schon Hunger.«

Als er feststellte, dass keiner in der Runde ihm Aufmerksamkeit schenkte, schwieg er und stapfte hinter den anderen her.

Im Polizeipräsidium

Hauptkommissar Gerster sah man an, dass ihn ein Teil des Berichtes besonders interessierte. »Sie sind also dem *Höhlen- und Schluchtensteig* gefolgt und haben erst am Ende der Wolfsschlucht eine Pause eingelegt?«

»Ganz genau, nur leider gab es da nur eine Bank, sodass wir uns entschlossen, noch ein Stück weiterzugehen, bis wir einen Platz fanden, wo wir alle sitzen konnten.«

»Und dann wurden die Kühltaschen leer gefuttert?« Baumann beugte sich neugierig vor und grinste.

»Dafür hatten wir sie ja mit, nicht wahr?«

»Und was haben Sie, wie Kollege Baumann es gerade ausdrückte, *gefuttert*?«

Jens Müller schob die Hornbrille hoch und überlegte kurz. »Wir hatten Salami, Käsewürfel, Weißbrot, Weintrauben und Nudelsalat mit Pilzen, Kochschinken und Mais.«

»Nudelsalat mit Pilzen, sagen Sie? Und den haben Sie gekauft?«

»Natürlich nicht. So etwas wird bei uns selbst zubereitet, das gehört sich so bei den Pilz-Freunden.«

»Erinnert mich an einen Radiosketch neulich: Pilze braten – Symptome raten.«

»Baumann!«

»'tschuldigung, Chef.«

»Mein Kollege Baumann hier bringt mich da auf einen Punkt: Sie haben alle von dem Nudelsalat mit den Pilzen gegessen?«

»Aber natürlich. Wieso?«

Hauptkommissar Gerster überging die Frage, er starrte auf seinen Notizblock, runzelte die Stirn und schaute dann hoch. »Mhmm, das Gleiche hat auch Manni Brescher bei der Kollegin zu Protokoll gegeben. Gab es viel zu trinken bei Ihrer Pause? Ich meine, Schnaps, Bier, Wein?«

»Wo denken Sie hin? Wir wollten wandern und nicht uns betrinken. Wir hatte nichts Alkoholisches dabei.«

»Dann verstehe ich nicht, wie es zu dem tödlichen Autounfall kommen konnte, bei dem fünf Ihrer Freunde ums Leben kamen. Wann war der Zeitpunkt, an dem sich Thomas Rodder volllaufen ließ, um sich sturzbesoffen hinters Steuer zu setzen?«

Jens Müller zuckte entschuldigend mit den Achseln. »Das ist mir auch ein Rätsel. Die anderen sind ja gestern bei ihm eingestiegen. Das alles ist ganz, ganz furchtbar. Vielleicht haben sie noch irgendwo Halt gemacht.«

Ganz sicher hatten sie noch Halt gemacht und zwar in dem Restaurant *Waldfrieden* oberhalb des Laacher Sees. Das hatte Jens ihnen ans Herz gelegt. So wie er Lutz, Thomas und die übrigen einschätzte, hatten die sich diesen Tipp nicht entgehen lassen. Manni Brescher dagegen war am Vortag mit ihm zurückgefahren. Jens wusste, dass Manni früh zu Hause sein wollte, weil er am nächsten Tag zeitig aufstehen musste. Mannis Aussage hatte er unbedingt gebraucht, damit kein Verdacht auf ihn fiel.

»Ja, wir sind dann wohl fertig. Oder gibt es noch etwas, das Sie uns sagen wollen?«

»Nein, Herr Hauptkommissar. Ich … ich kann das alles immer noch nicht verstehen, es ist eine schreckliche Tragödie, ein Albtraum, ja, das ist es.«

»Da haben Sie allerdings recht, Herr Müller. Danke, dass Sie unsere Fragen beantwortet haben. Mein Kollege Baumann wird Sie nach unten begleiten. Wenn wir noch Fragen haben sollten, werden wir uns bei Ihnen melden.«

»Ja, tun Sie das bitte. Einen schönen Tag noch, Herr Gerster.«

Als Jens wieder in seinem neuen Golf saß, atmete er einmal tief durch. Morgen Abend würde er sich mit Trixi treffen. Vorher aber musste er Manni Brescher besuchen. Angesichts der Tragödie würde der sicher einen Cognac nicht ausschlagen, dachte Jens. Natürlich würde er selber noch zwei, sicherheitshalber drei Tage keinen Tropfen trinken. Wie es dagegen mit

Manni weitergehen würde, hatte er im Internet nachgelesen. Gleichgewichtsstörungen, langsame Reaktionen, dann hapert es mit der Sprache, Sehstörungen treten auf, der Kreislauf versagt, Bewusstlosigkeit, Atemstillstand, Kreislaufversagen – eine Alkoholvergiftung wie aus dem Lehrbuch, ausgelöst durch ein, zwei kleine Gläser Cognac. Jens würde Manni irgendwann alleine lassen. Früh genug, um sich noch ein Alibi zu verschaffen. Manni war der ideale Kandidat in der Runde gewesen: geschieden, keine Kinder, kein Mensch, der Hilfe holen würde, wenn es erst so weit war. Jens beruhigte sich mit dem Gedanken, dass Manni nicht würde leiden müssen, im Gegenteil. Entschlossen startete er den Wagen, am besten machte er sich direkt auf den Weg.

»Mensch, Jens, komm rein. Wo warst du denn?«

»Hallo Manni, ich saß bei der Polizei, die wollten alles über unsere Wanderung gestern wissen.«

»Ja, ich wurde auch befragt, aber ehrlich, was sollte ich denen denn erzählen? Wir zwei sind ja nicht mehr zu dem Gasthof gefahren. Aber dass der Thomas sich so die Kante gibt, wer hätte das gedacht?«

»Mir haben sie nur was von einem Unfall erzählt, aber keine Einzelheiten.«

»Die willst du auch gar nicht wissen. Thomas muss mit Vollgas gegen einen Baum gerast sein, ich hab ein Foto gesehen. Kein Wunder, dass da keiner lebend rausgekommen ist.«

»Sag mal, Manni, hättest du einen Cognac für mich? Ich fühl mich ganz elend.«

Manni führte ihn ins Wohnzimmer. »Offengestanden wollte ich mir auch gerade eine kleine Stärkung genehmigen.«

Jens sah zu, wie Manni zwei Gläser großzügig mit Cognac füllte.

»Auf unsere Freunde.«

»Auf unsere Freunde ...«

Das Türklingeln unterbrach sie. Manni stellte das Glas auf den Tisch und hob fragend eine Augenbraue, bevor er zur Tür ging, um zu öffnen.

Augenblicke später standen Hauptkommissar Gerster und sein Kollege Baumann im Wohnzimmer.

»Guten Tag, die Herren. Wir kennen uns noch nicht, Herr Brescher. Hauptkommissar Gerster, und das ist mein Kollege Baumann.«

Manni Brescher blickte die beiden Polizisten fragend an.

»Es geht nicht um Sie, Herr Brescher. Jedenfalls nicht direkt. Wir haben nur Herrn Müller gesucht, und dann fiel meinem Kollegen Baumann ein, dass er vielleicht bei Ihnen sein könnte. Wir wollten sichergehen, dass Sie heute nichts trinken.« Gerster wies auf das Glas Cognac. »Davon würde ich die nächsten Tage die Finger lassen.«

»Aber ... ich verstehe nicht.«

»Kann ich mir denken. Aber Sie verstehen, nicht wahr, Herr Müller? Nudelsalat mit Pilzen. Lassen Sie mich raten, es waren junge Faltentintlinge, sollen ganz lecker sein. Mein Kollege Baumann ist zwar für manchen dummen Spruch gut, aber recherchieren kann er wie kein zweiter. Wie hieß das noch?«

»*Coprin*, Chef.«

»Richtig, *Coprin*. Sagt Ihnen das was, Herr Brescher?«

Manni starrte Jens an. Man konnte sehen, wie er langsam begriff: »Mein Gott – *Faltentintlinge. Coprin.*«

»Ja, genau«, bestätigte Gerster, »man kann den Pilz gefahrlos essen, aber er blockiert für ein, zwei Tage den Alkoholabbau im Körper. Unschuldig ein Bierchen getrunken und, zack, kann es vorbei sein mit einem. Jedenfalls ist das der Grund, warum Ihre Pilz-Freunde gestorben sind.«

Manni ließ sich in einen Sessel fallen. »Das Erbe vom Merschbach …«, murmelte er.

»Nun, das klingt für mich wie ein Motiv, das müssen Sie uns genauer erklären. Baumann, wenn Sie bitte Herrn Müller nach draußen begleiten würden.«

»Das Wandern ist des Müllers Lust, und jetzt wandern Sie hinter Gitter, Freundchen.«

»Baumann!«

»'tschuldigung, Chef.«

Der Brocken-Blick trifft mich so unvermittelt, dass ich beinah das Steuer herumreiße. In der Ferne tut er sich auf wie ein Kopf, der plötzlich aus der Menge herausragt. Es ist nicht der Anblick allein – es ist die Tatsache, dass Stefan davon wieder und wieder erzählt hat. Dass er davon träumte, den Brocken von der anderen Seite zu sehen. Dafür allerdings ist es jetzt wohl leider zu spät.

Zwei Stunden später sitze ich in meinem Zimmer in Elend und frage mich, was ich hier tue. Sie hat gegenüber der Kurverwaltung eine alte Bude gekauft und sie zu einem Tagungshaus umbauen lassen. Viel helles Holz, alles freundlich und modern. Die 1.800 Euro, die ich für diese Woche zahle, sind bereits verbaut, wie es mir scheint. Illi habe ich noch nicht gesehen. Aber ein netter junger Kerl hat mich empfangen. Und mich zu einer ersten Kaffee- und Kontaktrunde um drei eingeladen. Derweil blättere ich zum vierhundertsten Mal durch ihren Flyer. Es ist wie eine Vorbereitung. Eine Vorbereitung auf die erste Begegnung mit ihr.

»*Sei du! Sei Frau! Sei stark!*«, fordert sie in blutroten Farben und lädt ein zu einem »*Frauenseminar, das es in sich hat: Grenzen entdecken. Grenzen überschreiten. Grenzen sprengen*«. Auch nach dem vierhundertsten Lesen bewirken diese Worte Stiche in meinem Innern. *Grenzen überschreiten.* Wie kann sie eine solche Formulierung nur wählen? Mit Mühe schiebe ich die Vergangenheit weg und konzentriere mich auf ihren Flyer. Uns Frauen wird eine Menge geboten. Neben »*substantiellen Gesprächsrunden*«, in denen »*das Potential jeder Frau*«

erforscht wird, vergnügen wir uns beim Wandern auf dem Hexenstieg, beim Segway-Fahren ab Drei Annen Hohne und sogar beim Downhill-Mountainbiking in Braunlage. Wir werden »*Dinge tun, von denen wir nie zu träumen gewagt haben*«, und »*Möglichkeiten erkennen, die wir bislang nicht ahnten*«. Die Buchstaben verschwimmen vor meinen Augen. Auch Stefan hat Träume gehabt. Auch Stefan hat neue Möglichkeiten gesucht. Allerdings wurden sie grausam zerstört. Trotz allem zwinge ich mich, den Prospekt zu Ende zu lesen. »*Spüre die Kraft des mystischen Harzes und entdecke die Hexe in dir!*« Plötzlich überkommt mich ein Lachen. Wem genau zieht diese Illi mit ihren Sprüchen das Geld aus der Tasche? Frustrierten Geschiedenen, die einen neuen Aufbruch wagen? Mauerblümchen, die mit vierzig die Notbremse ziehen? Esoterikerinnen, die schon dreißig Frauenseminare hinter sich haben?

Wie auch immer – ich bin dabei. Mit Illis Hilfe werde ich die Hexe in mir entdecken. Nein, nicht Illi – Anoli. So nennt sie sich jetzt. Aus Ilona wurde Illi, aus Illi Anoli – Ilona rückwärts geschrieben. Ziemlich banal. Aber macht nichts. Ich bin dabei, Anoli. Entdecken wir gemeinsam den mystischen Harz!

Sie sieht gut aus, denke ich eine Stunde später. Dabei ist es für Eifersucht nun wirklich zu spät. Dennoch kann ich nachvollziehen, was Stefan erzählt hat. Alle Jungen waren hinter ihr her, sie hat jede Runde beherrscht. Das macht nicht nur ihre Erscheinung – lange rote Locken, stechend-grüne Augen, eine sportlich-weibliche Figur –, es ist die Energie, die von ihr ausgeht. Auch in diesem

Seminarraum strahlt sie wie der Polarstern und macht alle teilnehmenden Frauen noch blasser.

»Hallo!«, sagt sie in die Runde und ihre Augen sprühen und saugen zugleich. »Ihr seid hier – das ist toll!« Ich frage mich, ob wir jetzt eine La-Ola-Welle starten müssen, die anderen elf Frauen und ich. Ihr Blick schweift von einer zur anderen. Sie lässt sich Zeit, zu jeder von uns Kontakt aufzunehmen. Dann geht es los.

Die erste Runde bringt vieles zutage. Uta kommt aus Nürnberg, ihr Sohn ist vor einem Jahr an Leukämie gestorben. Sie ist auf der Suche nach Halt. Mehr kann sie nicht sagen, weil sie einen Weinanfall kriegt. »Lass alles raus«, sagt Anoli. »Darum bist du hier.«

Beatrix hat sich nach Jahren von ihrem Partner getrennt. Sie hat sich aufgegeben in der Beziehung. Sie will sich neu finden. »Das wird spannend«, sagt Anoli. »Ich freu mich auf dich.«

Hannelore ist neunundfünfzig und hat bis vor Kurzem ihre alte Mutter gepflegt. Nun, da sie tot ist, fällt sie in ein schwarzes Loch und fragt sich, wo ihre Jahre geblieben sind. »Wir werden sie finden«, sagt Anoli, »da bin ich ganz sicher.« Mir persönlich stellt sich die Frage, warum Hannelore zum Suchen auf ein Mountainbike muss.

Als ich an der Reihe bin, zögere ich kurz. »Der Tod meines Partners«, sage ich. »Er hat sich das Leben genommen.« Anoli antwortet nicht gleich, sie nimmt sich Zeit für ihre Antwort. »Du wirst dich davon freimachen können, und du wirst einen Sinn darin finden.«

»Das wäre schön.« Ich simuliere ein Lächeln. Es klemmt mir noch zwischen den Zähnen, als die 46-jährige Sigrun erzählt, dass sie sich nie vom Einfluss ihrer Eltern befreit hat.

Um fünf geht es mit einem Kleinbus nach Wernigerode. Anoli will uns ihre Stadt zeigen. Da bin ich gespannt. Wir halten an einem Mega-Parkplatz, von dem aus Busladungen an Menschen nach Wernigerode hineingeschwemmt werden. Die Stadt war schon zur DDR-Zeit ein touristisches Ziel. Jetzt ist sie ein Juwel. Und zwar ein gut organisiertes.

Beim Gang durch die Stadt versuche ich mir vorzustellen, wie Stefan als Jugendlicher hier herumgegangen hat. In welche Kirche seine Eltern gegangen sind. Wo seine Familie Brötchen geholt hat. Es gelingt mir nur mäßig. Vielmehr bin ich wie betäubt, als wir schließlich den gut besuchten Marktplatz erreichen.

»... im Wernigeröder Rathaus heirateten schon zu DDR-Zeiten Bürger aus der ganzen Republik«, höre ich Anoli erklären. »Besonders beachtenswert sind die Holzfiguren rund um das alte Spielhaus. Interessant außerdem der Spruch, der über der Rathaustür angebracht ist ...«

Wir marschieren wie Schafe zum Portal. Anoli bittet Sigrun, die Inschrift vorzulesen.

»Einer acht's – der andere betracht's – der dritte verlacht's – was macht's?«

Anoli blitzt uns an. Ihr ganzer Körper ist Spannung. »Darum geht es«, sagt Anoli. »Wir machen uns frei von Normen und Regeln. Wir horchen, was wir wollen. Dafür ist die nächste Woche gedacht.« Sie lässt die Worte nachklingen. Alle scheinen beeindruckt. Auch ich. Ich allerdings vor allem von Anolis Geschäftssinn.

Sie schafft es tatsächlich, in allem und jedem einen Hinweis zu sehen, einen Impuls für ihr Seminar.

In den Fachwerkgassen bleibt sie stehen und wartet, bis sich ihre Jüngerinnen um sie versammelt haben.

»Fachwerk«, sagt sie und schüttelt ihre roten Locken nach hinten, »alles gleich. Fein unterteilt in kastige Einheiten. Schubladendenken. Man weiß, was der Nachbar tut. Man passt sich an und schwimmt mit dem Strom.«

Ich schaue auf die Häuser. Ich finde sie nicht kastig und gleich. Ich finde sie lebhaft und bunt.

»Wir wollen die Gleichförmigkeit unterbrechen«, sagt jetzt Anoli. »Wir wollen uns freimachen von dem, was uns einengt. Deshalb sind wir hier.« Wieder eine rhetorische Pause. Ich frage mich, ob wir zum Abschluss eine Anoli-CD kaufen können. Eine Sammlung ihrer Banalo-Weisheiten zum Preis von 19,80 Euro.

Als wir vor dem »Schiefen Haus« stehen, hat Anoli mit uns etwas vor. »Wir gehen dort hinein«, regt sie an. »Besonders Frauen, so sagt man, haben wegen der Schräge des Bodens Gleichgewichtsstörungen. Ihr werdet das merken.« Zwei Frauen kichern aufgeregt. Anoli überhört es. »Ich gebe euch einen Tipp: Wenn euch übel wird, fixiert einen Punkt!«

Wir gehen hinein. Es ist eine wirklich schräge Erfahrung. Man fühlt sich wie auf See. Und wie immer, wenn ich auf See bin, wird es mir schlecht.

»Konzentriere dich auf einen Punkt!«, wispert Anoli mir zu, die mich offenbar beobachtet hat. »Und lass dein Ziel nicht aus den Augen!«

Es klappt. Ich fange mich. Fange meine Übelkeit ein.

»Siehst du!«, blitzt Anoli mich an. »Wenn du dich von

deinem Ziel nicht abbringen lässt, kann dich nichts und niemand erschüttern.«

»Wie recht du hast!«, denke ich – und denke es noch, als wir im Restaurant am Wernigeröder Schloss sitzen und mit Hasseröder anstoßen. Alle sind fröhlich und ausgelassen, sogar Uta lacht mit.

»Ich bin froh, dass ihr da seid«, ruft Anoli lauter als nötig, vermutlich um zu demonstrieren, wie frei und unangepasst sie ist.

Ich bin froh, dass ihr da seid! Ich glaube ihr. Schließlich habe ich längst zwölf mal 1.800 gerechnet.

Am nächsten Morgen finde ich mich in der »Kalten Bode« wieder, dem Flüsschen, das Elend durchzieht. *Ins kalte Wasser springen«*, ist heute das Thema. Auch hier schafft Anoli es, mit wenigen Mitteln und großen Sprüchen ihr Konzept durchzuziehen. Ein paar Frauen kreischen vergnügt. Es ist Oktober, der Fluss eiskalt. Ich versuche mir die Szene von außen vorzustellen. Zwölf Frauen waten gackernd durchs Wasser – und haben dafür 1.800 Euro bezahlt.

»Haltet das durch!«, ruft Anoli. »Gebt nicht sofort auf!«

Wir waten mehr als zehn Minuten. Zugegeben, den Kreislauf bringt das mächtig in Schwung. Dann dürfen wir uns abtrocknen und Strümpfe und Schuhe anziehen. Anolis smarter Mitarbeiter hält uns frische Handtücher hin.

Zurück im Tagungshaus, gibt es heißen Kakao und die verbale Nachbereitung. »Wie war das für euch?«, will Anoli wissen.

»Ich bin fast ausgerutscht«, erklärt Hannelore. »Die Steine waren glitschig.«

»Aha«, sagt Anoli.

»Die Kälte war schneidend«, meint Sonja, die dünn ist wie ein Gerippe und deshalb sowieso andauernd friert. »Aber irgendwann habe ich es nicht mehr gemerkt.«

»Aha«, sagt Anoli erneut, »das ist interessant. Man gewöhnt sich also an ungünstige Bedingungen.«

Ich tauche weg, denke an Stefan. Er hat sich nicht an die ungünstigen Bedingungen gewöhnt. Er wollte weg. Raus. Glaubte, nach dem Abbau der Selbstschussanlagen sei es ganz einfach. Hat nur leider bei den Vorbereitungen einen Fehler gemacht. Hat jemanden eingeweiht vorher. Abholung drei Stunden vor dem geplanten Fluchtversuch. Zuführung dem Gefängnis Hohenschönhausen. Kein Redekontakt außer in der Vernehmung. Psychologische Folter. Zerstörung des Feindes. Drei Jahre Haft in Brandenburg, dann kam die Wende. Ich schnattere, friere, versuche mich mit den Armen zu wärmen. Vergeblich.

»Maja?«, dringt es zu mir durch. »Maja?« Jemand fasst meinen Oberarm.

»Alles in Ordnung?« Anoli steht vor mir, berührt meine Schulter. Erst jetzt merke ich, wie ich zittere. Meine Zähne klappern aufeinander. Alle starren mich an.

»Ich glaube, du bist unterkühlt«, folgert Anoli.

Oh ja, ich bin unterkühlt. Die Kälte hat mich vollends erfasst. Ich bin hilflos, kann Stefan nicht erreichen. Er hat sich eingekapselt in seine Welt. Ich liebe ihn so, aber ich erreiche ihn nicht. Oh ja, ich bin unterkühlt. Und dann ist da plötzlich Erik, Anolis Assistent. Sanft leitet er mich hinauf in mein Zimmer und packt mich in zwei Wolldecken ein. Zuletzt legt er mir eine Wärmflasche auf den Bauch, fühlt kurz meine Stirn, überlässt mich dann einem traumlosen Schlaf.

»Und du willst wirklich mit?« Anoli schaut mich fragend an. »Bist du sicher, dass du dich nicht übernimmst?«

Ich bin sicher. Ich fühle mich stark. Ich halte das durch. Das ist es doch, was Anoli uns beibringen will.

»Ja«, sage ich deshalb, und meine Stimme wackelt kein bisschen. »Ich will auf den Brocken.«

»Du könntest auch mit der Schmalspurbahn rauffahren. Erik würde dich sicher gerne begleiten.«

Ich will nicht mit der Bahn rauf. Ich will nicht, dass Erik mich begleitet, obwohl ich ihn mag. Ich möchte mit Illi nach oben.

Mein entschlossener Blick scheint Anoli zu überzeugen. »Okay«, sagt sie, »um elf Uhr geht's los.«

Feuchte Luft, als wir uns sammeln. Um mich herum viele teure Markenwanderklamotten: Die komplette Herbstkollektion von Meindl, Jack Wolfskin und North Face auf einen Blick. »Über zwanzig Kilometer«, sagt Anoli. »An Schierke und am Wurmberg vorbei Richtung Brocken und dann über die Zeterklippen zurück. Aber ihr müsst es nicht erzwingen. Auf dem Brocken habt ihr Gelegenheit, die Strecke zu verkürzen. Einfach mit der Schmalspurbahn runter.«

Anoli biegt sofort in den Wald ein. Sie kennt sich aus. Natürlich kennt sie sich aus. Sie und Stefan waren im

Wald praktisch zu Hause. Auf dem Weg breitet sie ein paar neue Weisheiten aus. »Hier im Harz ist der Luchs wieder heimisch geworden«, erklärt sie uns Frauen. »Vielleicht könnte dieses Tier ein gutes Bild für uns sein.«

Ich stelle mir einen Luchs vor. Sein rötlich-braunes Fell erinnert tatsächlich an die Mähne von Illi. Nur die Spock-Ohren hat sie nicht. »Der Luchs ist eine sehr eigenwillige Katze«, erläutert uns Naturexpertin-Philosophin-Psychologin Anoli. »Der Luchs macht sein Ding. Das sollten wir auch.« Aha, denke ich. Weisheit Nummer 48 auf der CD.

»In Bad Harzburg kann man sich täglich die Fütterung der Luchse ansehen«, setzt Anoli ihren Vortrag fort.

Sieh an, konstatiere ich grinsend, wirklich sehr eigenwillig, der Luchs.

»Sie ist toll, nicht wahr?« Beatrix hat sich an meine Seite geklemmt. Sie deutet auf Anoli, die jetzt mit Heidrun vorweggeht. »Ich habe noch nie eine Frau erlebt, die so sehr weiß, was sie will.«

»Mhm«, bringe ich heraus. Wahrscheinlich hat die Gute sogar recht. Illi-Anoli weiß, was sie will. Damals wie heute.

»Die Wälder hier haben etwas Unheimliches.« Beatrix schaut sich um, schaut auf die diesige Landschaft. »Ein bisschen beklemmend.«

Beklemmend, das hat auch Stefan über die Berge gesagt, obwohl er im Harz groß geworden ist. Nach '89 hätte er alle Reisen unternehmen können, von denen er immer geträumt hat. Geschafft hat er nur wenig. Der Harz ging gar nicht. Zu viele Erinnerungen. Zu schlimme. Aber auch andere Gebirge machten ihm Angst, engten ihn ein. Am meisten genoss er das Meer. Dort hat er die Weite gespürt. Wir sind stundenlang am Strand langgelaufen – oder wir lagen in den Dünen. Es gab Momente, in denen Stefan beinahe glücklich erschien. Und dann wieder Momente, in denen er so sehnsüchtig aufs Meer schaute, dass ich wusste, was er eigentlich wollte.

»Na ihr!« Ich schrecke hoch. Illi hat auf uns gewartet. »Wir sind jetzt am Kleinen Winterberg vorbei«, erklärt sie Beatrix und mir, »jetzt geht's nur noch bergauf.«

»Warum sind wir nicht den Kolonnenweg gegangen?«, möchte ich wissen.

»Den Kolonnenweg?« Anoli sieht mich an, runzelt die Stirn. »Das ist der Standardwanderweg. Langweiliger geht's nicht.«

Langweiliger geht's nicht. Denkt sie das wirklich? Oder meidet sie den Grenzweg, weil es doch eine Art Gewissen in ihr gibt? Ich bekomme keine Antwort. Noch nicht.

Nebel kommt auf, als wir weiterlaufen. Die Gespräche verstummen, es wird steil. Wir nähern uns dem Brockengipfel aus südöstlicher Richtung. Ich versuche, schöne Bilder entstehen zu lassen. Stefan und ich bei unserer ersten Begegnung, damals in Düren. Er fiel mir sofort auf in der Cafeteria. Seine traurigen Augen, das gelockte Haar, das ihm immer wieder in die Stirn fiel. Seine rauen Hände, die sich an einem Kaffeebecher festklammerten, als könne dieser ihn retten. Deshalb war er da. Um Rettung zu suchen. Das war das Band zwischen uns. Das Problem nur: Ich habe mit Stefan meine Rettung gefunden. Er allerdings hat sie bis zum Ende vergeblich gesucht.

Der Nebel wird dichter. Man kann nur noch zehn Meter weit sehen. Die meisten haben sich die Kapuze über den Kopf gezogen. Um die Stimmung zu heben, erzählt Illi vom Hexenstieg, vom Tanzplatz und der Teufelskanzel. Ihre Vorträge verkürzen die Zeit. Denn plötzlich sind wir da. Wir haben tatsächlich den Brocken geschafft. Oben allerdings erwartet uns kein einsames Gipfelkreuz, sondern Brockentourismus. Gruppen von Leuten, die mit der Schmalspurbahn heraufgekommen sind und das Brocken-Kurzprogramm starten. Die meisten allerdings machen sich nebelbedingt schnell auf den Rückweg.

Vor dem Brockenstein zieht Illi plötzlich eine Flasche aus dem Rucksack. »Brombeerschnaps!«, ruft sie ausgelassen. »Den hat mein Opa schon zu DDR-Zeiten heimlich gebrannt.« Flugs hat sie ein paar Plastikpinnchen aus dem Rucksack gezaubert, und bald haben alle ein Gläschen zwischen den feuchtkalten Fingern. »Ich bin stolz auf euch!«, lobt uns Anoli, »und besonders stolz bin ich auf Hannelore und ihr künstliches Knie.«

Alle prosten und trinken. Der Brombeerschnaps zieht sofort in den Kopf.

»Ich nehme an, ihr wollt wegen der Wetterlage lieber mit der Bahn zurückfahren«, ruft Anoli mit Blick in den Nebel. »Wenn allerdings eine von euch weiterlaufen will, über die Zeterklippe nach Elend, dann bin ich dabei.«

Alle winken ab. »Keine zehn Pferde«, sagt Doro.

Anoli schaut trotzdem in die Runde. Und bleibt bei mir hängen.

»Ich würde gern weitermachen.«

»Tatsächlich?« Anoli versucht den letzten Tropfen aus ihrem Pinnchen zu nehmen. »Und das nach deinem Fieberausbruch?«

»Ich bin fit und zu allem imstande.«

Anoli sieht mich lange an. »Okaaaay«, sie dehnt das Wort künstlich, »dann gehen wir jetzt los!«

Das Tempo ist vom ersten Meter an eine andere Kategorie. Anoli will es mir zeigen. Will mir die Grenze zeigen. Sie spart sich Erklärungen und Fragen. Sie geht einfach und ich stapfe hinterher, dicht genug, um sie im Nebel nicht zu verlieren. Nach einer halben Stunde dreht Anoli sich zum ersten Mal um. »Die Zeterklippen.« Sie zeigt halb links nach vorn. Schwerlich erkenne ich die Felsen, die ich mir schon im Internet angeschaut habe. Die ich mir ausgesucht habe für meine Begegnung mit ihr.

»Ich würde gern raufgehen«, sage ich. »Ich nehme an, du kommst mit.« Ich spüre einen Ruck in Illis Rücken. Einen »Aufgepasst!«-Ruck.

»Der Nebel nimmt zu«, gibt sie zu bedenken. »Von da oben wirst du nichts sehen.«

»Aber ich bin oben gewesen.«

Ich starte ohne ein weiteres Wort. Und spüre Anoli auf meinen Fersen. Es geht die Metalltreppe hoch. Ich halte an, sehe Anoli unter mir, ihre Hände eine Sprosse unter meinen Schuhen. Ich zögere kurz, dann steige ich weiter hinauf. Vom Plateau aus hat man bei gutem Wetter sicher einen fantastischen Blick.

Dann stehen wir oben wie zwei Boxer im Ring und schauen uns an. Illis Augen sind wie die eines Schlittenhundes zusammengezogen.

»Was willst du?«, fragt Illi. »Sag endlich: Was willst du von mir?«

Endlich sind wir da, wo ich hinwollte. Endlich sind wir allein und beim Kern.

»Eine Antwort«, sage ich. »Warum hast du Stefan verraten?«

Ich bin gespannt wie ein Luchs und sehe wie durch eine Kamera den Film, der in Illis Gesicht spielt. Unverständnis. Dann Verstehen. Dann Unsicherheit.

»Stefan Mahlke«, flüstert sie. »Was weißt du von Stefan?«

Alles, möchte ich sagen, denn er war die Liebe meines Lebens. Er war alles, was ich wollte. Aber er war krank.

»Ich weiß, dass er nach den Gefängnisjahren nie wieder klargekommen ist. Sie haben ihn zerstört. Wie Dementoren haben sie ihm jegliche Freude am Leben genommen.«

Anoli schluckt. Offenbar hat sie keine Binsenweisheit für solch einen Fall.

»Er hat zeitlebens von den Verhören geträumt. Er ist schreiend aufgewacht, er hat seine Mutter um Verzeihung gebeten. Er hat bis zum Ende gebrüllt, dass er die Flucht allein geplant hat.«

Wieder schluckt Anoli. Ich schone sie nicht. »Ihr wart doch ein Paar! Wieso hast du Stefan verraten?«

Anoli dreht sich weg. Tun Luchse das, wenn man sie angreift?

»Wir waren ein Paar.« Anolis Stimme klingt resigniert. »Wollte er deshalb hier weg?«

»Er wollte weg, weil er es nicht ausgehalten hat. Er wollte weg, weil er hier niemals hätte studieren dürfen.

Als Sohn von zwei Akademikern hatte er doch überhaupt keine Chance.«

»Hatte er doch!« Anoli fährt herum. »Er hätte eine Ausbildung machen können. Und nachher studieren.«

»Das meinst du nicht ernst!«, rufe ich. »Seine Familie war aktenkundig. Sein Vater kirchlich engagiert ...«

»Aber ...« Anolis Augen sind jetzt mit Tränen gefüllt. »Aber ...«

»Aber!«, herrsche ich sie an. »Aber du hast es ja nicht so gemeint! Weißt du eigentlich, was du angerichtet hast? Seine Familie hat kein Bein mehr auf die Erde bekommen. Sie wurde wochenlang verhört. Beide Eltern haben ihre Stelle verloren, sein Vater hat für den Rest seines Lebens einen LPG-Stall gekehrt. Und auch Stefan ist vor die Hunde gegangen. Nach dem Knast hat er die meiste Zeit in psychiatrischer Behandlung verbracht.«

»Aber ...«, setzt Anoli wieder an, ich ertrage es kaum, »auch meine Familie war aktenkundig. Sie haben mich erpresst. Stefan hatte eine größere Menge Seil eingekauft und mehrere Karabiner. Einen Tag danach war die Stasi bei mir. Sie haben gesagt, sie wüssten, dass Stefan Republikflucht geplant habe. Sie haben gesagt, mein Bruder sei bereits festgenommen, seine Kinder kämen ins Heim, wenn ich nichts Genaueres sage. Sie haben gesagt, Stefan sei eh festgesetzt. Ich könne ihm helfen, wenn ich korrekt aussagen würde.«

»Wie praktisch!«, herrsche ich sie an. »Wie praktisch, wenn man solch eine Ausrede hat.«

Anoli sieht mich an, sieht durch mich hindurch. Dann wendet sie sich um und schaut in den Nebel. »Das

Leben«, sagt sie, und ich erwarte die Anoli-Weisheit Nr. 11: »Das Leben ist nicht immer schwarz oder weiß. Das Leben ist oft genug grau.«

Grau, denke ich, das ist die Farbe, die Stefans Leben bestimmte.

Dann sieht mir Anoli plötzlich direkt in die Augen. »Wo hast *du* denn Stefan kennengelernt?«

Die Pause, die entsteht, wabert wie Nebel zwischen uns herum. »In Aachen«, sage ich schließlich. Das stimmt nicht so ganz. Düren stimmt. LVR-Klinik stimmt. Wir waren beide Patienten.

»Und ihr wart ein Paar?«

Habe ich dasselbe nicht eben zu Anoli gesagt?

»Ja, wir waren ein Paar.« Ich höre Trotz in meiner Stimme. Ich übertöne damit den Therapeuten, der Stefan von unserer Beziehung abgeraten hat: »Maja hat eine narzisstische Persönlichkeitsstörung. Sie sucht die Schuld für ihre Probleme immer bei anderen. Wenn ihr zusammenkommt, ist das eine tödliche Mischung.«

Er war eifersüchtig, der Therapeut. Er war neidisch auf unsere Beziehung. Das hat er teuer bezahlt. Insofern hat er recht behalten – eine tödliche Mischung.

»Es tut mir unendlich leid, was passiert ist«, verkündet Anoli. »Aber glaub mir, auch ich habe darunter gelitten. Auch ich habe geträumt. Auch ich bin durchs Leben geirrt. Und erst jetzt habe ich etwas gefunden. Ich glaube, dass ich anderen Menschen Mut machen kann.«

»Wenn du meinst«, sage ich. Abweisend. Kalt.

Anoli sieht mich an. Ihre grünen Augen sind trüb wie ein Tümpel.

»Ich gehe dann jetzt«, sagt sie leise. »Dir kann ich leider nicht helfen!«

Ich zögere einen Moment, dann folge ich ihr. Als sie auf dem Absatz zur Metalltreppe steht, trete ich zu. Es ist leichter, als ich es mir vorgestellt habe. Aus acht Metern Höhe knallt sie auf den Stein, bleibt liegen. Als ich zu ihr heruntergeklettert bin, sehe ich die Blutlache neben ihrem Kopf. Ich setze mich neben sie und denke nach. Sie atmet schwach, der Puls ist im Keller. Eine Viertelstunde, länger muss ich nicht warten. Dann ist es Zeit, einen Notruf abzusetzen.

In der Zwischenzeit habe ich eine Menge Pläne gemacht. Ich werde das Tagungshaus kaufen. Das ist sicherlich billig zu haben. Anolis Assistenten werde ich auch übernehmen, ich kann ihn für vieles gebrauchen. In Gedanken gehe ich schon das Seminarprogramm durch. »*Schluss mit Elend und Sorge*« wäre nicht schlecht. Dann fällt mir das Erlebnis im »Schiefen Haus« wieder ein – »*Ohne Zögern zum Ziel*«. Während ich auf den Rettungsdienst warte, rechne ich noch einmal 1.800 mal zwölf.

Glück rauf!

KLAUS STICKELBROECK

Der schottische Wanderphilosoph Stephen Graham schrieb schon vor 100 Jahren: »Das Leben wird nicht von Stunde zu Stunde, Tag zu Tag, Jahr zu Jahr immer großartiger. Sein Wert liegt im Augenblick.« Dumm nur, wenn der Augenblick blind fürs Wesentliche macht.

Bruno fuhr zurück. »Verdammt. Da stehen Bullen am Zug.«

Ich warf einen Blick auf den Bahnsteig. Richtig. Direkt vor dem Zug, der uns hier aus Oberstdorf hätte wegbringen sollen, standen zwei blau Uniformierte. Einer der beiden hielt eine Leine in der Hand, an deren anderem Ende ein Schäferhund seine Zähne fletschte.

»Was jetzt?«, brummte Bruno.

Ja, Scheiße, was jetzt, hätte ich am liebsten geknurrt, aber an Brunos kantigem Schädel pochte schon wieder die Ader, mein Partner war angespannt. Was immer schlecht war. Pochte die Ader rot, hieß das Obacht. Changierte sie ins Purpurne: Alarm! Schlug die Farbe in ein dunkles Blau um, war es zu spät für Deckung.

In meiner rechten Hand kribbelte ein alufarbener Koffer. Das letzte Mal hatte ich den Blauton bewundern dürfen, als Bruno dem Juwelier in der Walserstraße zwei Kugeln in die Brust geballert hatte, weil der die Uhren und Klunker nicht schnell genug eintüten wollte. Bruno hat eine extrem kurze Zündschnur.

Das Geballere hatte man bis hoch aufs Nebelhorn hören können. War also Brunos Fehler, dass es hier von Cops wimmelte. Aber mit Blick auf seine pumpende Ader entschied ich mich, das Thema noch nicht anzuschneiden.

»Wohin jetzt?«

Ich wurde auf eine Menschentraube aufmerksam, die sich am gegenüberliegenden Busbahnhof in den Kleinbus einer Linie acht quetschte. An der Fahrzeugfront befand sich eine Leuchtschrift.

Ich tippte meinem Partner auf den kräftigen Oberarm. »Nach Spielmannsau.«

* * *

Zwanzig Minuten später rammte ein bärbeißiger Opa direkt nach dem Aussteigen Bruno zur Seite. Sein Gesicht hatte mehr Falten als die Zugspitze, in manchen lag Gletscherschnee.

»Gottsak Bruaschdi Gnumba Seitado ... Bazi«, grunzte der verwitterte Alte in einer Sprache, die wohl nur Angehörige seiner Sippe in einem besonders abgelegenen Tal Österreichs sprachen.

Bevor ihn mein Partner, der sich ungern schubsen ließ, mit einem Faustschlag öffentlichkeitswirksam und mutmaßlich final zu Boden strecken konnte, zog ich Bruno ein paar Schritte zur Seite, sodass die gut fünfzehn Personen den Kleinbus verlassen konnten.

»Spielmannsau«, knurrte der. »Vier Häuser und ein Gasthof? Wir sind hier am Arsch der Welt.«

»Auf jeden Fall raus aus Oberstdorf«, raunzte ich zurück und war im Grunde zufrieden, ein paar Kilometer zwischen uns und dem Scheiß-Tatort gelassen zu haben.

»Wir kommen hier nicht weg. Die Zufahrtsstraßen sind gesperrt, der Bahnhof ist dicht, die Taxifahrer haben bestimmt eine Beschreibung von uns, Ringalarmfahndung, Kacke. Wir sitzen in der Falle. Die Bullen grasen auch die kleineren Ortschaften ab und brauchen uns hier nur einzusammeln.«

In Brunos natürlich korrekter Beschreibung unserer Lage war nicht der geringste Hinweis darauf zu erkennen, dass sein cholerisches Verhalten für unsere missliche Situation verantwortlich war. Den Juwelier zu fesseln, zu knebeln und ihn in einen Besenschrank zu sperren, wie es der Plan gewesen war, hätte uns ausreichend Zeit gegeben, unbehelligt und in aller Ruhe die Flucht anzutreten.

Bruno war nicht das heißeste Gericht auf der Speisekarte. Der durchgeknallte Psychopath hatte sich einfach nicht unter Kontrolle. Von drei Kindern war er das vierte. Aber ich hatte für diesen Job einen zweiten Mann gebraucht und daher den Kerl ausgewählt, mit dem ich in den vergangenen zwei Jahren in Memmingen eine Gefängniszelle geteilt hatte. Auch wenn ich jetzt einen prallvollen Koffer mit Schmuck und Uhren in der Hand hielt, war das im Nachgang keine ganz glückliche Personalentscheidung.

Einige der Fahrgäste hatten sich, kaum dem Kleinbus entstiegen, sofort aufgemacht. Ein Hinweisschild verriet, dass die Kemptner Hütte (1846 m) ihr Ziel zu sein schien. Andere sammelten sich an einem Schild mit der Aufschrift Treffpunkt.

Treffpunkt?

Ich entdeckte das Hinweisschild über der Eingangstür eines der vier Gebäude. Fredl Geiger. Geführte Bergtouren.

»Wohin jetzt, Mann? Links oder rechts?«

Ich schüttelte den Kopf. »Weder noch. Nach oben!«

* * *

Der Mann mit der sonnengegerbten, dunkelbraunen Haut schüttelte ungehalten den Kopf. Die Menschen im

Allgäu sahen alle so unangenehm gesund aus. »Keine Chance, da brauchen Sie fei nicht noch mal zu fragen. Der Aufstieg zur Kemptner Hütte ist anspruchsvoll, zumal's gestern heftig geregnet hat. Die Gruppe ist voll, ich muss die Teilnehmer im Auge behalten. Hätten Sie sich früher überlegen müssen.«

»Äh ...«

Der Bergführer drückte sein beachtliches Gipfelkreuz durch und schob mich sacht, aber bestimmt Richtung Ausgang. »Ich muss jetzt auch los.«

Bruno ging dazwischen, die Ader pochte.

»Nicht!«, rief ich.

Aber da hatte Bruno den Kerl schon an der Schulter gepackt und herumgerissen. Allerdings mit derartig viel Schmackes, dass es den Mann der Berge rumriss. Der Hüne strauchelte, taumelte und schlug mit überraschtem Gesichtsausdruck rücklings gegen die Heizung. Heizung, ja. Aber nichts Modernes. So ein altes Stück, mit Eisenröhren.

Hui, war das ein fieses Geräusch, als mit dumpfhohlem Knacken sein Genick brach.

»Hoppla«, entfuhr es Bruno.

»Musst du immer alles kaputt machen?«, fragte ich verärgert.

Bruno zuckte entschuldigend mit der Schulter. »Und jetzt?«

Ich nickte zunächst in Richtung einer kleinen Auslage mit Wanderbedarf und dann auf das Werbeplakat neben der Eingangstür. »Kemptner Hütte.«

* * *

Hinter der Brille des Mannes in der dunkelgrünen *Jack-Wolfskin*-Jacke blinzelte es misstrauisch. »Sie sind aber nicht der Herr Geiger!«

Seine Partnerin im Partnerlook nickte heftig. Und giftig.

»Nein. Mein Name ist Franz. Ich bin als Bergführer für Herrn Geiger eingesprungen, der unabkömmlich ist.«

Hinter mir gluckste Bruno, der Idiot.

»Kennen Sie die Strecke?«

»Ich führe nicht zum ersten Mal eine Gruppe«, behauptete ich entschieden, was ja auch irgendwie stimmte.

»Warum heißt der Große Krottenkopf eigentlich Großer Krottenkopf?«, fragte eine junge Frau mit Reiseführer in den Fingern, um den Hals ein buntes Mandala-Batik-Tuch.

Ich nahm instinktiv an, dass die Halbschlauen mit den Reiseführern die Schlimmsten waren.

»Weil er größer als der Kleine Krottenkopf ist«, spielte ich allerdings solide meine alpine Kompetenz aus.

In unserer Gruppe befand sich auch ein junger Asiate. Der machte ein Foto.

»Bist du sicher, dass du hier richtig bist?«, sprach ein junger Schnösel, der aussah wie ein Hipster und wahrscheinlich einer war, Bruno schräg an. »Is ne anspruchsvolle Tour. Da merkst du jedes Kilo. Gut, dass du Walking-Stöcke dabeihast. Bei deinem Gewicht brauchst du die Dinger, sonst kommst du schon mal gar nicht oben an.«

Bruno schnappte nach Luft, die Ader pochte.

Des jungen Mannes schlankgemergelte Hipster-Begleiterin zog ihn hastig zur Seite. Sie trug eine schwarze Nerd-Brille, am Arm schaukelte ein Jutebeutel mit der Aufschrift: *Greta hat recht.* »Lass den dicken Mann in Ruhe.«

»Hast du die Wampe gesehen? Und die Oberschenkel?«

»Vielleicht ist er ja krank ...«

»Der Dicke schafft es nie bis zur Hütte.«

Bruno schnaufte. Ich ging hastig dazwischen und zischte: »Kein Aufsehen.«

Bruno ließ einen der beiden Walking-Stöcke pfeifend durch die Luft zischen. »Ich weiß, wer hier auf jeden Fall die Hütte nicht erreicht.«

»Reiß dich zusammen.«

»Nicht zusammen, auseinander. Auseinander reiß ich den!«

»Mensch, nur bis zur Hütte. Da schütteln wir die Mischpoke ab. Bis zur Grenze nach Österreich ist es von dort aus nur noch ein Kilometer. Einmal in Österreich, sind wir so gut wie sicher.«

»Ich mach den platt.«

»Kein Aufsehen!«

»Komplett platt!«

Ich checkte die Teilnehmerliste, die ich beim tragisch verblichenen Fredl Geiger auf dem Schreibtisch gefunden hatte, und verglich sie mit der Truppe, die sich hier eingefunden hatte.

Das schnöselige Hipsterpaar, der nuschelnde Alte, das *Wolfskin*-Ehepaar im Partnerlook. Zwei mittelalte Freundinnen mit finsterem Blick – eine mit grüner, eine mit lilafarbener Strähne im ergrauten Haar –, die permanent über abhandengekommene Ex-Männer fluchten. Ein Mann mittleren Alters, der aussah, wie einem Bergsteiger-Katalog entsprungen. Die junge Reiseführer-Frau mit dem Batik-Tuch. Der Asiate – er machte gerade ein Foto.

»Zehn«, zählte ich auf der Liste, aber vor mir standen elf Personen, von denen mich jetzt eine ansprach.

»Hallo, ich bin Petra. Ich bin nicht angemeldet, aber darf ich mich trotzdem spontan deiner Gruppe anschließen?«

Sich anschließen dürfen? Durfte morgens die Sonne aufgehen? Mein lieber Scholli! Vor mir stand der Traum meiner schlaflosen Knast-Nächte. Eins fünfundsiebzig, athletische Figur, eine Silhouette, scharf wie das Jüngste Gericht. Sie trug eine pfiffige, eng anliegende, schreiend rote Kurzhaarfrisur und eine weiße Bluse, die keinen Raum für Spekulationen duldete. Ihre Augen leuchteten in einem hellen Grün, an das der liebe Gott gedacht hatte, als er seinerzeit den jungfrischen Weißtannen die strahlenden Spitzen anmalte. Die Frau hatte die Wucht eines Gletschers, das Edle vom Enzian und war frisch wie der morgendliche Frühtau.

»Natürlich, äh, kein Problem.«

Von hinten nölte der *Wolfskin*-Mann: »Ich hoffe, der Beitrag wird aber noch gezahlt, sonst wäre das unfair. Wir haben ja schließlich alle für die Tour bezahlt.«

Seine Partnerin im Partnerlook nickte heftig. Und giftig.

»Das verrechnen wir nachher, am Ende der Tour.«

Petra kniff mir ein Auge, was sündiger aussah als die Alm. »Nachher verrechnen klingt spannend. Bin neugierig, mit was.«

Der Hipster meldete sich. »Können wir jetzt los?« Seitenblick auf Bruno. »Wer weiß, was uns alles noch aufhält...«

Die Ader pochte.

»Nuganscho Dozakra, gnuffa ... Bazi«, knurrte der verwitterte Alte.

Der Asiate machte ein Foto.

* * *

Während Bruno die Leiche vom Fredl Geiger hinten im Büro verstaute, hatte ich meinem Koffer den Schmuck und die Uhren entnommen und in einen unauffälligen Marken-Rucksack gepackt. So einen, den jeder hatte, viel unauffälliger als ein Alukoffer. Anschließend wechselten wir unser Outfit ins Bergtaugliche, und ich las mir dabei in einem Werbeflyer die Details zur Tour an. Schließlich war ich der neue Guide und für meine Anvertrauten verantwortlich.

Deshalb wusste ich, dass anspruchsvolle 860 Höhenmeter in äußerst reizvoller Umgebung und mit durchaus alpinem Anspruch vor uns lagen. Geschätzte dreieinhalb Stunden würde der wildschöne Anstieg zur Hütte dauern.

»Glück rauf!«, donnerte Bruno zum Abmarsch.

Wir marschierten los und ließen nach kurzer Zeit die letzte Sennalpe vor dem Ende der Welt hinter uns. Mir fiel plötzlich auf, dass Bruno inzwischen allein am Ende unserer Gruppe lief.

»Warum läufst du hinten?«

»Ich hatte was zu erledigen«, knurrte Bruno tonlos, sein Hemd war bereits dunkel durchgeschwitzt.

Die Art, wie er das sagte, also ... – ich zählte sicherheitshalber durch. »Zehn. Da fehlt einer.«

»Der Alte hat mich beleidigt.«

»Der Alte? Den Nuschler konnte man doch gar nicht verstehen. Wie kann der dich beleidigen?«

»Er hat mich Krottenkopf genannt.«

»Nur Krottenkopf?«

»War das Einzige, was ich verstanden habe. Ich bin kein Krottenkopf! Niemand sagt Krottenkopf zu mir.«

Herr im Himmel! »Krottenkopf, so heißt der Berg da vorne.«

Bruno geriet für einen Moment aus dem Tritt. Nur für einen Moment, einen kurzen. »Ich hab ihn vorhin hinter die Holzhütte gezerrt und eins auf die Nase gegeben. Er wollte nicht mehr mit uns weiterlaufen und ist umgekehrt. Warum quatscht der mich auch an?«

Mann, Mann, Mann. Das fing ja gut an ...

Nach einer Viertelstunde ging es an einem Materiallift nach rechts in einen Wald und nunmehr zügig bergauf. Rechts von uns plätscherte heiter die Trettach. Sonst herrschte eine friedliche Stille. So eine friedliche Stille ist aber nicht immer gut. Man hört zum Beispiel jedes Wort, was gesprochen wird. Jeden Satz. Zum Beispiel jeden Satz, den die beiden verhärmten Gewitterfreundinnen von sich gifteten.

»Nur Pfeifen«, maulte die mit der grünen Strähne. »Guck dich um, auch heute wieder: nur Pfeifen.«

»Echte Männer? Fehlanzeige«, gab ihr die mit der violetten Strähne recht.

»Schlappschwänze. Schattenparker.«

»Couchpotatoes.«

»Mein Karl war am Ende so bräsig, dem hab ich die Chipsreste direkt von der Brust weggestaubsaugt.«

»Sie krümeln immer alles voll.«

»Da fiel dann wenigstens nichts auf den Boden.«

»Außer die Hoden.«

Beide kicherten fies. Murmeltiere zogen den Kopf ein, der über uns kreisende Steinadler suchte mit kräftigem Flügelschlag das Weite.

Die Grüngesträhnte visierte Bruno an. »Wenn die Glocken tiefer hängen als das Seil, kannste alle Erotik vergessen.«

»Ist bei dem Dicken bestimmt auch so.«

»Jede Wette!«

Hinter mir atmete Bruno tief durch. Ganz schlechter Ansatz, wusste ich, sich über die Genitalien meines Partners abfällig zu äußern. Keine gute Idee.

Der Asiate machte ein Foto.

Ich brachte mich nach und nach an die Spitze meiner Gruppe und erreichte als Erster eine schmale, provisorische Brücke, über die wir den fröhlich unter uns sprudelnden Bach queren mussten. Das Ding sah wackelig aus.

»Bitte nur einzeln betreten«, las der Mann aus dem Bekleidungskatalog für Bergfreunde laut von einem amtlichen Hinweisschild ab.

»Wird seinen Grund haben«, zischte der Hipster und stupste seiner Hipsterfreundin in die Seite, den Blick inzwischen hinterhältig auf Bruno gerichtet. »Is ja immer mal damit zu rechnen, dass Jumbo einen Ausflug macht.«

»Bei dem wäre für eine zweite Person ja auch gar kein Platz auf der Brücke«, kicherte die Doofe zurück.

Nacheinander schritten die beiden einzeln über die Brücke. Ich rechnete jeden Moment damit, dass Bruno mit pochender Ader nach vorne schnellen würde, um einen der beiden Hipster in die Tiefe zu stürzen, aber mein Partner verzog keine Miene.

»Gut gemacht«, lobte ich auf der anderen Seite. Brunos latenter Tötungswunsch schien gedrosselt. »Wir können kein Aufsehen gebrauchen. Lass dich nicht provozieren.«

Er verzog keine Miene und flüsterte: »Später.«

Hinter der Brücke wurde der Pfad schmaler und es ging steil bergauf. Von links und rechts ragte die wildschöne Flora in die Strecke. Es war feucht, es war heiß, es war eng. Millionen von Mücken stürzten sich erfreut auf uns und schlugen gierig ihre Saugschnorchel in unsere verschwitzte Haut.

In einer der nächsten Kehren reckte sich Bruno zu mir hoch und flüsterte: »Ich verspreche es dir, den beiden Emanzen dreh ich gleich die Gurgel um.«

»Was haben die dir getan?«, flüsterte ich überrascht zurück.

Brunos Ader pumpte. »Die Violette fragte mich, ob ich nach dem Sport dusche. Sag ich ja. Sagt die mit dem grünen Streifen, dann sollte ich mehr Sport machen.«

»Oh.«

»Sagt die Violette: Lass doch, mit seinem Gestank hält er uns die Mücken vom Leib.« Wild flitschte Bruno ein Stechvieh vom kräftigen Unterarm. »Ich bring sie um.«

»Du kannst sie nicht alle töten.«

»Doch. Kann ich. Nur über die Reihenfolge bin ich mir noch nicht ganz im Klaren.«

Eine Kurve weiter drehte die feuerrothaarige Petra sich zu mir um. Als sie sich vorhin im Wald mit dem Hipsterpaar unterhielt, hatte ich aufgeschnappt, dass sie als Krankenschwester in Düsseldorf arbeitete und aus Erkrath-Unterfeldhaus stammte. »Dein Kumpel ist aber ganz schön unentspannt.«

»Nun ja, die Hitze setzt ihm zu ...«

»Ich könnte ja was machen, gegen die Anspannung, aber der ist echt nicht mein Typ.«

Ich blinzelte. Sie lächelte verwegen. Ihre Bluse lächelte mit. Es leuchtete grün. Also, nicht in der Bluse. In den Augen.

»Reg du dich doch mal auf. Damit käme ich klar.«

Die Reiseführerfrau mit dem Batiktuch schob sich von hinten an meine Seite. »Entschuldigung, ist das da drüben der Vordere oder der Hintere Wildgrundkopf?«

Ich schluckte. »Das kann man so nicht sagen, das wechselt. Je nachdem, von wo man guckt.«

Die Reiseführerfrau mit dem Batiktuch nestelte skeptisch übers Mandala. »Für einen Reiseführer haben Sie erstaunlich wenig Ahnung.«

Der Hipster quetschte sich zwischen uns. »Wann machen wir endlich mal eine Pause?«

Oh, dachte ich, eine gute Idee, zumal sich gerade eine Ausbuchtung in der Felswand zum Verweilen anbot, und rief: »Kleine Pause!«

»Hier?«, fragte Jack Wolfskin. »Da kommt hinter der nächsten Kehre doch die Wallfahrtsstation Maria am Knie. Da ist doch für uns alle viel mehr Platz.«

»Ja«, sagte ich. »Äh, das ist auch eine gute Idee.«

»Sind Sie die Strecke überhaupt schon mal gelaufen?«, zankte Jack Wolfskin.

Seine Partnerin nickte heftig. Und giftig.

»Ja, natürlich. Aber ich habe meistens die Nachtschicht. Da ist eine gute Aussicht natürlich relativ.«

Ich konnte hören, wie selbst Bruno die Stirn runzelte. Weiter! Die grob in den Fels geschlagenen Stufen lagen in diesem Teil der Strecke unangenehm weit auseinander und machten raumgreifende, lange Schritte erforderlich. Die neuen Wanderschuhe quetschten mir schmerzhafte Druckstellen in die Hacken. Hölle! Nur der Inhalt meines dunkelblauen Rucksacks ließ mich motiviert weiterlaufen.

Knappe fünfzig Meter weiter erreichten wir die geistliche Raststation mit Kapelle. Die Aussicht über das Trettachtal war atemberaubend, da konnte man nichts sagen.

Die Reiseführerfrau stellte sich neben mich und winkte vielsagend mit ihrem Heftchen. »Kann man in jedem Reiseführer lesen, dass man bei Maria am Knie die beste Aussicht hat.«

»Ich hab es auch am Knie«, stöhnte Bruno und hinkte den beiden Gesträhnten hinterher, die sich auf die andere Seite der kleinen, schmucken Wallfahrtskapelle begeben hatten, um die Aussicht ins Tal zu genießen.

Der Asiate machte ein Foto.

Der Mann im Katalogdress tippte mir sacht auf die Schulter, nickte gen Himmel und mahnte mit leiser Stimme: »Wir sollten uns ein wenig beeilen.«

»Wieso?«

Ich sah nach oben und dort nur wolkenfreies Blau. Gut, ganz am Ende des Tals, irgendwo über Italien, da wurde es dunkel ...

»Wie, wieso? Was sind Sie denn für ein Bergführer? Die Wolken da oben, die sehen nach Gewitter aus.«

Ich nickte. Ja, das hörte man ja häufig, das mit den rasanten Wetterwechseln in den Alpen. Das ging in den Bergen ja manchmal schneller, als die Gams furzt.

»Okay, Aufbruch, Leute!«

»Wir haben gerade die Brötchen ausgepackt«, maulte Frau Wolfskin.

»Wenn die Pausen zu lange dauern, wird's uncool«, summte Petra fröhlich und richtete ihre Bluse, was an und für sich nicht erforderlich gewesen wäre.

Der Asiate machte ein Foto.

»Was ist das denn?«, rief der Hipster plötzlich.

Ein Hubschrauber knatterte erstaunlich tief durchs Tal.

»Das ist ein Polizeihubschrauber«, stellte seine Hipsterbraut fest.

»Die suchen was«, schlussfolgerte der Katalogmann.

Tja, und ich hatte eine vage Ahnung, was die Burschen im Heli suchten. Beziehungsweise wen. Ich trat in den Schatten der Wallfahrtskapelle, der Rucksack brannte in meinem Rücken. Der Helikopter schrabberte über uns hinweg.

Die Wolfskins winkten hoch. Der Asiate machte ein Foto.

»Angst vorm Fliegen?«, fragte Petra.

Die Krankenschwester aus Unterfeldhaus bekam offensichtlich mehr mit, als man meinte.

»Kindheitstrauma«, blieb ich vage.

»Vom Kinderkarussell?«

»Exakt. Ganz schlimme Phase in meinem Leben. Seitdem hasse ich Schwäne, Feuerwehrautos und Kutschen.« Ich drehte mich zur Gruppe. »Aufbruch!«

Hm. Da fehlten noch ...

In diesem Moment erschien Bruno von der anderen Seite der Kapelle. Er trat neben mich, strich sein Hemd glatt und flüsterte: »Die beiden Damen haben sich entschieden, nicht mit weiterzugehen. Sie lassen ausrichten, wir sollen vorgehen. Quasi.«

»Du hast sie nicht ...?«

»Ist besser für alle.«

Auf den nächsten hundertfünfzig Höhenmetern war ich ... abgelenkt. Mein Psychopartner hinterließ eine blutige Spur der Verwüstung, die uns im schlimmsten Fall für immer in den Knast bringen würde. Hoffentlich war der Trip bald zu Ende.

Es ging rauf und wieder runter. Eine weitere Pause bot sich an, als wir den kleinen Bach zum zweiten Mal überqueren mussten, um wieder auf die linke Talseite zu kommen.

Ich tröpfelte mir kühlendes Bergwasser an die Schläfen.

»Du siehst blass aus«, stellte Petra fest.

»Ich hab ein bisschen Kreislauf.«

»Mach mir nichts vor«, sagte sie und deutete Richtung Himmel. »Die Wolken machen dir Sorgen.«

Ich schaute gen Himmel, wo sich von Süden her kommend der Himmel tatsächlich langsam zuzog.

»Am besten gehen wir weiter. Ist nicht mehr so weit«, murmelte Petra nachdenklich. »Ich bin die Strecke schon mal gelaufen.«

Dass das Hipsterpaar nicht mehr bei uns war, fiel mir erst nach der übernächsten Kehre auf.

Genau wie dem Wolfskin-Mann. »Da fehlen doch welche?«

»Ähm …«, mischte sich Bruno von hinten ein. »Die anderen haben vorhin kehrtgemacht. Bis zur Hütte, das war denen zu weit.«

Jack Wolfskin zuckte mit den Schultern. »Ja, dann.«
Der Asiate machte ein Foto.

Es ging jetzt direkt in die karge Felswand. Unsere Schuhe schlidderten über feuchtglitschigen Stein, die Wanderstöcke fanden selten Halt. Rechts unter uns tobte der Sperrbach, der immer wieder unter Gletscherzungen verschwand. Um besonders rutschige und enge Stellen passieren zu können, an denen Gebirgswasser die Felswand herabfloss, waren im Gestein Stahlseile befestigt, an denen wir uns entlanghangeln konnten.

Hinter mir keuchte Bruno. Die Erlösung tat sich hinter der nächsten Kehre auf, wie aus dem Nichts.

»Das ist sie«, jubelte der Katalogmann und deutete nach vorn. »Die Kemptner Hütte.«

In einem imposanten Talkessel, inmitten grünsaftiger Wiesen voller tanzender Schmetterlinge, eingerahmt durch felsig-imposante Berggipfel, deren Namen – in Fredl Geigers Werbeflyer gelesen – ich mir nicht hatte merken können, lag die beeindruckende Schutzhütte vor uns.

»Pinkelpause!«, rief Bruno, ob der Schönheit des Anblicks ein wenig unpassend in den berauschenden Augenblick hinein.

Aber auch ich verspürte euphorischen Blasendruck, streifte meinen Rucksack vom Rücken und stand kurz darauf ein wenig abseits zwischen ihm und dem Katalogmann, um hinterm einzigen Gebüsch der Gegend zu verrichten, was zu verrichten war.

»Wie geht's weiter?«, zischte Bruno, als der Katalogmann sich, als Erster fertig, entfernt hatte.

»Ich kümmere mich kurz um die Blasen an meinen Füßen, und dann geht's sofort weiter Richtung Österreich.«

»Bin ich froh, wenn die Scheiße vorbei ist«, knurrte Bruno und ratschte den Reißverschluss zu.

Ich tat es ihm nach, drehte mich rum … und fuhr zusammen. Bruno schnappte nach Luft.

Der Katalogmann stand mit dem Rücken zu uns. In der einen Hand baumelte mein blauer Rucksack, geöffnet, in der anderen funkelte eine Rolex. Er fuhr herum, Erschrecken im Gesicht.

»Ähm …«, produzierte er ein hilfloses Geräusch. »Ich habe unsere Rucksäcke vertauscht und versehentlich deinen geöffnet.«

Er nickte ein paar Meter zur Seite, wo ein tatsächlich farb- und baugleicher Zwillingsbruder an einem Felsbrocken lehnte. Unglücklich gelaufen, dachte ich.

»Er weiß zu viel«, knurrte Bruno und schnellte mit einer Geschwindigkeit nach vorn, die man seinem massigen Körper niemals zugetraut hätte.

Selbst die Ader an seinem Schädel hatte keine Zeit anzuschwellen.

Eine Hand auf des verdutzten Katalogmannes Mund zu pressen und die andere um seinen Nacken zu schrauben, war eins. Ich mochte gar nicht hinsehen, wie Bruno ihm mit einem entschlossenen Ruck den Hals umdrehte, und ließ stattdessen meinen Blick über die Allgäuer Alpen schweifen. *Mädelegabel* und *Kratzer* fielen mir die Namen der zwei Berge jenseits der Kemptner Hütte plötzlich wieder ein. In meinem Rücken schleifte Bruno den Toten hinter das Gebüsch.

»Weiter geht es«, knurrte ich Sekunden später zur Gruppe.

»Da fehlt noch einer«, bemerkte Petra.

»Der kommt nach. Pinkelt etappenweise. Prostata.«

Mit dem Ziel vor Augen war der moderate Aufstieg bis zur Hütte schnell bewerkstelligt. Ich setzte mich sofort nach drinnen ins Gebäude ab, suchte mir einen Waschraum und widmete mich dem Massaker, das die neuen Wanderschuhe an meinen Hacken angerichtet hatten. Mein lieber Herr Gesangsverein!

Vor dem Waschraum stieß ich auf Bruno.

»Wo warst du?«, herrschte der mich an.

»Körperpflege.«

»Ich hab mich um den Asiaten gekümmert.«

Mir wurde schwindelig. Nahm das nie ein Ende? »Warum?«

»Der hat ständig fotografiert. Auf den Bildern sind wir alle drauf. Wir beide. Und die ganzen Opfer.«

Ich zog meinen Partner auf die Seite und ging ganz nah ran. Der Psycho machte mich wütend. »Mensch, du kannst nicht allen Leuten einfach so den Hals umdrehen!«

»Bist du bekloppt?«, echauffierte sich Bruno. »Ich bringe doch nicht grundlos irgendwelche Leute um! Der Asiate hat mir doch gar nichts getan.«

»Äh ...«

Er wedelte mit einer Spiegelreflexkamera. »Ich hab ihm den Fotoapparat geklaut. Was denkst du denn?«

Ohne zu antworten, warf ich mir entschlossen den Rucksack auf den Rücken. »Wir müssen hier weg. Ohne die anderen. Sofort.«

Die Kemptner Hütte hatte jenseits der Terrassen einen zweiten Ausgang, der uns wieder auf den Wanderweg Richtung Lechtal und damit über die Österreichische Grenze führen würde. Vorerst würde uns sicher keiner der Bergfreunde vermissen.

»He, Franz! Wo willst du hin? Und vor allem wohin ohne mich?«

Bruno und ich zuckten zusammen. Petra aus Erkrath-Unterfeldhaus! Wo kam die denn jetzt her?

Ich stotterte. »Wir, äh, wollten schon mal ...«

Sie stemmte energisch ihre Fäuste in die Wespentaille, in den Augen zuckte es weißtannengrün. »Aber doch nicht ohne mich! Bist du bescheuert? Ich latsche dir und deinem scharfen Arsch doch nicht knappe tausend Höhenmeter hinterher, um mich dann abstreifen zu lassen. Ich denke seit der Wallfahrtskirche an nichts anderes mehr als Sex mit dir.«

Wallfahrtskirche war in diesem Zusammenhang sicher ein wenig unpassend ...

»Äh ...«

»Nix da, ich komm mit. Und damit das klar ist: Wenn wir in Österreich angekommen sind, möchte ich fachmännisch durchgerangelt werden. Und dabei jeden gelatschten Höhenmeter spüren!«

Bruno und ich schauten uns an. Das klang nicht wie eine Frage oder ein Vorschlag.

»Dann mach hin«, gab ich mich kampflos geschlagen, ahnend, dass Bruno sich irgendwann des feuerrothaarigen Problems würde annehmen müssen.

Der Anstieg zum Mädelejoch war gemütlich und trotz der schmerzenden Muskeln gut zu schaffen. Nach kurzer Zeit erreichten wir die Grenze samt Grenzschild. Unter Aufklebern aller Art war der schwarze Adler auf gelbem Grund kaum mehr zu erkennen.

Petra streifte ihren Rucksack vom Rücken und deutete auf den größten aus einer Reihe von umherliegenden Steinfelsen. »Ich muss mal schnell für kleine Mädchen.«

»Okay.«

Sie zwinkerte mir zu. »Und danach unterhalten wir uns mal über den Inhalt deines Rucksacks.«

Mein Herz stolperte.

»Sie weiß Bescheid«, sprach Bruno das Offensichtliche aus.

Ich sah mich um. Vor uns, hinter uns. Weit und breit war niemand zu sehen. Aus den Augenwinkeln sah ich, dass Bruno sein Schießeisen hinten aus dem Hosenbund zog.

»Nicht mit der Knarre, das ist zu laut!«, mahnte ich, das Unvermeidliche akzeptierend.

Bruno warf mir einen Blick zu, der das Zeug zur klatschenden Ohrfeige hatte. »Ich werde mit der Knarre nicht schießen, du Trottel.«

Sprach es und schlich entschlossen der Krankenschwester hinterher. Ganz ruhig, konzentriert. Nicht mal die Ader an seiner Stirn pochte. Ich atmete tief durch und wollte mir nicht vorstellen, wie ein rothaariger Schädel von hinten mit dem Knauf einer Knarre gespalten wurde, Blut spritzte, wie der bildhübsche Frauenkörper leblos zur Seite kippte und ein letzter, überraschter Atemzug ins frischsaftige Gras gehaucht wurde.

Das Erste, was ich wenige Sekunden später sah, war die Knarre.

»Äh …«

Und dass die Mündung der Pistole direkt auf mein Herz gerichtet war.

»Hallo Franz. Überrascht?«

Das hätte ich bejahen können, denn es war Petra, die den Ballermann fest in ihren Fingern hielt.

»Wo ist, äh, Bruno?«

»Ich besitze ein für solche und ähnliche Zwecke recht geeignetes Fahrtenmesser. Brunos Hals war ein leichtes Ziel, er hat ja viel davon. Und jetzt stell den Rucksack vor dir auf den Boden!«

»Woher weißt du …?«

»Bevor ihr an der Spielmannsau aufgetaucht seid, hatte dort schon eine Polizeistreife nach den Räubern gefahndet. Ich habe zufällig die Täterbeschreibung am Funk mitgehört. Als ihr aus dem Bus gestiegen seid, hab ich euch sofort erkannt. Tja, ich musste dann nur noch lange genug am Leben bleiben, um euch die Beute abzujagen.«

Hm, so ganz professionell und handlungssicher sah das nicht aus, also, sie mit der Knarre in ihren hübschen Fingern. »Kannst du mit dem Ding überhaupt umgehen?«

»Ich habe jahrelang in Düsseldorf am Wochenende in der Notaufnahme gearbeitet und so viele Schusswunden gesehen, dass ich jetzt selbst welche machen kann. Du gehst jetzt brav zurück zur Hütte. Und vorher stellst du den Rucksack ab!«

Es lag etwas sehr Entschlossenes in ihrem weißtannengrünen Blick. Ich stellte den Rucksack ohne zu zögern vor mir ins Gras, drehte mich um und trat unverzüglich den Rückweg an.

Okay, ohne Beute.

Aber als sich in diesem Moment das sanfte Licht der untergehenden Sonne orangefarben und weich in den Talkessel vor mir ergoss, fand ich, dass der Aufstieg zur Kemptener Hütte sich irgendwie doch gelohnt hatte.

Die Nachtwanderung

RALF KRAMP

Für Liebende ist eine Wanderung bei Vollmond wie ein schönes Gedicht. Eine Nacht voller Poesie. Es sei denn, einer der Glücklichen hat gar keine romantischen Absichten. Dann kann der Schuss nach hinten losgehen.

Wer trottet so spät durch die Nacht und den Wald?
Es sind Hanno und Sigrun, und den beiden ist kalt.
Sie lieben das Wandern, das finden sie schön.
Tags hat man sie oft schon im Grünen geseh'n.

Zum Hochzeitstag hat sich der Hanno gedacht:
»Zur Abwechslung wandern wir heut durch die Nacht.«
Nicht Felder, nicht Wiesen, kein Trecker mit Pflug,
mehr mystische Schatten, mehr Spannung, mehr Spuk.

Statt Spatzen der Uhu, statt Sonne der Mond.
Seine Sigrun ist so etwas gar nicht gewohnt.
Das Dunkel beklemmt sie schon seit Kindertagen.
Was Hanno beglückt, bringt ihr wenig Behagen.

Noch leuchtet der Vollmond auf Stock und auf Stein,
Doch führt sie der Weg in den Mischwald hinein.
Da huscht etwas oben im Laubdach herum.
Es raschelt und tuschelt im Strauchwerk ringsum.

Für Sigrun ist dies eine furchtbare Pein,
schon steigert sie sich in die Ängste hinein.
Sie erschrickt vor den Schatten,
die die Baumstämme werfen.
Seit Jahren schon leiden ihr Herz und die Nerven.

An der finsteren Mühle, man muss es erwähnen,
kommt das Klappern heut Nacht
eher von Sigruns Zähnen.
Zum Trost sagt ihr Hanno: »Schatz, reg dich nicht auf.«
Doch es gluckst unheimlich in des Baches Verlauf.

Es gurgelt und flüstert, es knackst im Gebüsch.
Da und dort sieht sie's huschen. Es ist fürchterlich.
So stapfen sie Meile um Meile voran,
ein eisiger Wind pfeift im nassfeuchten Tann.

Die Wolken sind finster, der Mond ist verschwunden,
es kommt Sigrun vor, als vergingen schon Stunden.
Das Licht von der Leuchte geht schlagartig aus
und kehrt nicht mehr wieder. Für Sigrun ein Graus!

Sie wimmert ganz leis', während Hanno hantiert,
und ahnt nicht, dass er all das hat präpariert.
Sein Fluchen ist falsch und wurd sorgsam geübt.
Ihn freut ihre Angst, weil er sie nicht mehr liebt.

Jetzt bückt er sich, um seinen Schuh neu zu schnüren,
dann robbt er davon, ganz leis' auf allen vieren.
»Mein Hanno, wo bist du?« Sie tastet ins Leere.
Die Furcht hüllt sie ein mit gewaltiger Schwere.

Ein qualvolles Zehren wühlt in ihrem Herzen.
Sie sucht ihre Pillen zum Lindern der Schmerzen
und holt sie mit fahriger Hand aus der Tasche.
Sie schluckt sie hinunter und trinkt aus der Flasche.

Am Morgen, als niemand geschaut und gelauscht,
hat Hanno die Pillen mit Smarties vertauscht.
Die Stiche bohr'n sich in ihr Zentrum hinein,
sie schluchzt und sie winselt, sie ist ganz allein.

Ringsum sind Geräusche: die Rufe der Eule,
das Grunzen des Wildschweins und fernes Geheule.
»Wo bist du, mein Hanno?«, ruft sie nun erneut
und ahnt nicht, wie sehr sich ihr Ehemann freut.

Zu dem Ziel führt sein Plan, jetzt wird alles beendet.
Auf der Lichtung liegt das, was er heute verwendet.
Das hat tags zuvor er im Dickicht verborgen.
Während er still frohlockt, macht sie sich schlimme Sorgen.

Er ertastet das Fell und das kalte Geweih.
Nur noch ein paar Minuten, dann ist alles vorbei!
Hüllt den Pelz um die Arme, streift den zottigen Schopf
mit dem krummen Geweih auf den lockigen Kopf.

Als die Wolken zerreißen, fällt das Mondlicht hernieder,
und ein Brüllen hallt dumpf von den Baumstämmen wider.
Weiß und hell wabert Nebel durch der Lichtung Rund.
Und ein Biest bäumt sich auf, Schwein, Hirsch, Wolf oder Hund.

Reckt die Klauen nach oben, das Gehörn ragt ins Licht,
wirbelt Blätter auf, trampelt und geifert und zischt.
Sigruns Atem geht flach, und ihr Herz schlägt im Hals.
Das Gebrüll ist entsetzlich ...
... doch mit einem Mal knallt's.

Dr. Zippel aus Ulm ist schon fast neunzig Jahr'.
Minus zwölf Dioptrien und so gut wie kein Haar.
Halali, denkt er sich, das ist bestens geraten!
Hab dem mächtigen Vieh einen Blattschuss verbraten.

Die Autorinnen und Autoren

Carola Clasen, geb. 1950 in Köln, arbeitete einige Jahre als Fremdsprachenassistentin in Belgien und veröffentlichte 1998 ihren ersten Eifelkrimi »Atemnot«. Sie lebt und arbeitet heute in Köln. Mit ihren Kurzgeschichten deckt sie die mörderische Vielfalt des täglichen Lebens ab. Ihre Eifeler Serien-Kommissarin Sonja Senger löst von ihrem »Forsthaus am Ende der Stromleitung« aus die Fälle auf unkonventionelle und intuitive Art.

Gitta Edelmann, geb. 1961 in Offenburg. Sie lebte einige Zeit in Brasilien und Schottland, wo sie als Übersetzerin tätig war. Seit den 1990er Jahren wohnt die Schriftstellerin in Bonn, wo sie zunächst als Fremdsprachenlehrerin und Stadtführerin arbeitete. Sie schreibt Cosy Crimes, historische und alternativhistorische Romane, Liebesromane und Fantasy. Und natürlich Kurzkrimis und Kurzgeschichten verschiedener Genres für Anthologien. Ihre neue Krimiserie um die Detektivinnen MacTavish & Scott spielt im Schottland der Gegenwart. *www.gitta-edelmann.de*

Jürgen Ehlers, geboren 1948, ist Geowissenschaftler und Krimiautor. Für seine Story »Weltspartag in Hamminkeln« wurde er mit dem Friedrich-Glauser-Preis ausgezeichnet. Sein Spezialgebiet sind historische Kriminalromane und Thriller. Zuletzt erschien bei KBV »Fantom«, der achte Band der Kommissar-Berger-Serie. *www.juergen-ehlers-krimi.de*

Peter Gerdes, geb. 1955, lebt in Leer (Ostfriesland). Er studierte Germanistik und Anglistik, arbeitete als Journalist und Lehrer. Seit 1995 schreibt er Krimis und betätigt sich als Herausgeber. Seit 1999 leitet Peter Gerdes die »Ostfriesischen Krimitage«. Seine Krimis »Der Etappenmörder«, »Fürchte die Dunkelheit« und »Der siebte Schlüssel« wurden für den Literaturpreis »Das neue Buch« nominiert. Mit seiner Frau Heike betreibt der Autor die Krimi-Buchhandlung »Tatort Taraxacum« in Leer.

Peter Godazgar, geb. 1967, studierte in Aachen Germanistik und Geschichte und besuchte unter anderem die Henri-Nannen-Journalistenschule in Hamburg. Er wohnt in Halle (Saale) und lebt seine kriminellen Phantasien unter anderem in einer stetig wachsenden Zahl von Kurzgeschichten aus – die sind immer eher lustig als blutig und brachten ihm bereits zwei Nominierungen für den Friedrich-Glauser-Preis ein. Bei KBV erschien zuletzt die Anthologie »Killer am Rande des Nervenzusammenbruchs«. *www.peter-godazgar.de*

Kathrin Heinrichs, geb. 1970 im sauerländischen Dörfchen Langenholthausen als siebtes und jüngstes Kind. Studium der Germanistik und Anglistik in Köln. Verheiratet, drei erwachsene Kinder. Seit 1999 als Autorin und Kabarettistin tätig. Neben Krimis, Kurzgeschichten und Kabarettprogrammen diverse Theaterstücke, die vom Plausus-Verlag, Adspecta und vom Deutschen Theaterverlag Weinheim vermittelt werden. 2004 Gewinn des mit 5.000 Euro dotierten Literaturpreises »vo:pa« für die beste Kurzgeschichte. *www.kathrin-heinrichs.de*

Carsten Sebastian Henn, geb. 1973 in Köln, ist mehrfach ausgezeichneter Bestsellerautor und gilt heute als »Deutschlands König des kulinarischen Krimis« (WDR). Er ist Weinjournalist, Besitzer eines Moselweinbergs und Restaurantkritiker. Seine erfolgreichen Krimi-Reihen um den Ahrtaler Koch und Meisterdetektiv Julius Eichendorff sowie um den Kulinarik-Professor Adalbert Bietigheim haben Kultstatus. Bei KBV erschienen mehrere Hörbücher zu seinen Romanen: »Der letzte Whisky«, »Der letzte Aufguss«, »Der Gin des Lebens« und zuletzt »Rum oder Ehre«.
www.carstensebastianhenn.de

Thomas Kastura, geb. 1966 in Bamberg, lebt ebendort mit seiner Frau und seinen beiden Töchtern. Er studierte Germanistik und Geschichte und arbeitet seit 1996 als Autor für den Bayerischen Rundfunk. Zahlreiche Erzählungen, Jugendbücher und Kriminalromane, u. a. »Der vierte Mörder« (2007 auf Platz 1 auf der KrimiWelt-Bestenliste), »Sieben Tote sind nicht genug« (Kurzgeschichten). Unter dem Pseudonym Gordon Tyrie veröffentlichte er die beiden Hebriden-Krimis »Todesströmung« (Droemer, 2018) und »Schottensterben« (Droemer, 2020). Er ist außerdem Herausgeber mehrerer Krimianthologien, u. a. »Cocktail-Leichen« (KBV).

Jürgen Kehrer, geb. 1956 in Essen, hat mehr als 40 Jahre in Münster gelebt und wohnt jetzt in Berlin. 1990 erschien sein erster Kriminalroman um den Privatdetektiv Georg Wilsberg. Seit 1995 ermittelt Wilsberg beim ZDF in einer Fernseh-Krimireihe mit regelmäßig sieben

Millionen Zuschauern. Außerdem schreibt Kehrer historische und in der Gegenwart angesiedelte Kriminalromane, Drehbücher fürs Fernsehen und Sachbücher. 2016 wurde ihm der »Ehrenglauser« für sein literarisches Gesamtwerk im Bereich Kriminalliteratur verliehen. »Wilsberg – Sag niemals Nein« (grafit 2020) ist der 20. Wilsberg-Roman.

Ralf Kramp, geb. 1963 in Euskirchen, lebt in einem alten Bauernhaus in der Eifel und betreibt zusammen mit seiner Frau Monika in Hillesheim das »Kriminalhaus« mit dem »Deutschen Krimi-Archiv« (30.000 Bände), dem »Café Sherlock«, einem Krimi-Antiquariat und der »Buchhandlung Lesezeichen«.
www.ralfkramp.de, www.kriminalhaus.de

Tatjana Kruse, Jahrgangsgewächs aus süddeutscher Hanglage, lebt und arbeitet in Schwäbisch Hall und wandert am liebsten in der umliegenden Hohenloher Landschaft, mit Sonne im Herzen und einem Lied auf den Lippen. Mehr zur Autorin unter *www.tatjanakruse.de.*

Andreas J. Schulte, geb. 1965, verheiratet, zwei Söhne, ist geboren und aufgewachsen in Gelsenkirchen und lebt heute mit seiner Familie in der Nähe von Andernach. Neben seinen Krimis und Thrillern schreibt und veröffentlicht er auch Kurzgeschichten und historische Kriminalromane. Seine mehrbändige Krimireihe aus der Eifel dreht sich um die Fälle des ehemaligen Militärpolizisten und NATO-Sonderermittlers Paul David.
www.andreasjschulte.de

Klaus Stickelbroeck, geb. 1963, lebt in Kerken am Niederrhein und arbeitet als Polizeibeamter in Düsseldorf. Sein erster Kriminalroman »Fieses Foul« erschien 2007. »Fischfutter« (2010) wurde für den Friedrich-Glauser-Preis als bester Kriminalroman des Jahres nominiert. Sein Serienheld ist der Ex-Profifußballer und Privatdetektiv Hartmann, der in »Fesseltrick« (KBV, 2021) bereits zum achten Mal ermittelt. *www.klausstickelbroeck.de*

Holger Wienpahl wurde 1965 in Wuppertal geboren, machte dort Abitur und studierte Sport und Geschichte. Er arbeitete als Zeitungsjournalist sowie beim Hörfunk und ist seit 1996 eine feste Größe beim SWR Fernsehen. Regelmäßig moderiert er dort die Landesschau Rheinland-Pfalz. Außerdem ist er einer der Moderatoren der Sendung »ARD-Buffet« und veröffentlichte 2021 mit seiner Frau Sabine Wienpahl einen Mittelrhein-Wanderführer. *www.wienpahl-media.de*